내˅인생ㅆ 편집이 되나요?

이지은 에세이

인생의 페이지를
편집하며

책 만드는 '편집자'라는 직업을 가진 사람들만의 특유한 분위기가 있다. 차분한 말투로 조곤조곤 설명을 잘한다. 다른 사람의 이야기를 귀기울여 들을 줄 알고 더 많은 이야기가 나올 수 있도록 리액션을 아끼지 않는다. 현재 맡고 있는 책과 관련한 데이터를 모으기 위해 레이더를 수시로 작동시키며, 평소에는 말을 아끼다가도 흥미로운 것을 발견하면 누가 말릴 때까지 말하기를 멈추지 않는다. 좋은 것이 왜 좋은지 구체적으로 말하게끔 훈련받은 사람이 편집자니까.

나는 편집자들이 일하는 방식에 대해 무한한 신뢰를 보낸다. 그들은 섬세하고, 배려하는 태도를 유지한다. 상대의 말과 말 사이에 생긴 찰나의 머뭇거림이나 잠시 떨린 눈빛도 놓치지 않고 천천히 고개를 끄덕여준다. 제멋대로 떠들어대는 세상과 책을 만드는 이들의 세상은 다른 속도로 흘러간다. 편집자는 오랫동안 고심하고 시간이 지나도 변치 않을 가치에 대해 골몰한다. 무엇보다 자신이 하는 일에 대해 자부심을 지니고 자신이 만드는 책과 삶을 일치시키고자 노력한다.

편집자인 나 또한 책을 중심에 두고 살아가는 사람이다. 아침에 일어나 잠들 때까지 누가 무엇을 읽는지 궁금해하고, 사람들이 어떤 책에 대해 이야기하는지 염탐하며, 세계 곳곳 전국 어딜 가든 서점을 기점으로 돌아다니길 좋아한다. 늘 무슨 책을 만들면 좋을지 궁리하고, 내가 하는 일에 대한 이야기를 나누는 것이 세상에서 제일 재미있다.

학창 시절을 무난히 지내고 우연히 책을 만드는 편집자로 출판사에 취직했다. 그로부터 만 14년간 꾸준히 책을 짓고 있다. 몇 문장으로도 충분히 요약되는 지난 시간 속에 문장 사이사이에 생략되었던 추억들을 펼치자 비로소 책이라는 존재에 온 마음을 쏟고 있는 내가 보였다. 그 발견만으로도 매일 아침 한 시간씩 잠을 포기하고 출근하기 전까지 이 책을 쓰는 시간이 너무 소중했다.

일본 드라마 〈중쇄를 찍자!〉에는 운을 모으는 출판사 대표가 나온다. 그는 좋은 일을 하면 운이 쌓인다고 믿는다. 그래서 길거리 쓰레기를 줍고 잔돈은 기부함에 넣는 등 평소에 소소하게 좋은 일을 하며 차곡차곡 운을 모으고, 그렇게 모은 운을 책이 잘 팔리는 데 쏟아붓고 싶다고 말한다. 그 드라마를 본 뒤로 나도 남몰래 운을 모으고 있다. 길을 물어보는 사람이 있다면 친절히 알려주고, 산책길에 만난 작은 달팽이를 나무 곁으로 옮겨주고, 누군가가 도움을 요청하면 해결책을 성심성의껏 알아본다. 적은 돈이지만 매달 아동 단체에 후원한다. 혹시나 내가 돌려받을 몫의 복이 있다면, 지금 하는 이 일이 조금 더 잘되는 데 보태지기를 간절히 바라면서.

편집자들은 언제나 조용히 또 꾸준히 탐색을 멈추지 않는다. 편집자는 타인의 면모에 쉬이 감탄하는 재능과 진심을 다해 응원하는 마음을 지니고 있다. 다른 사람들은 잘 보지 못하는 사소한 부분도 기꺼이 발견해주고 박수 쳐주고 오래 기억해두었다가 기회를 연결한다. 창작의 세계라는 기약 없는 멀고도 험난한 길. 그 길 앞에 선 누군가에게 줄 수 있는 건 애정뿐이라며 의

욕을 북돋아주는 데 기운을 아끼지 않는다. 좋은 기운을 나눠주기 위해서, 언제든 돌아보면 그 자리에 있기 위해서 자신의 생활을 단단하게 가꾸고 보살핀다.

해를 거듭할수록 책 만드는 일은 나의 한계를 그리는 일 같아 점점 어려워진다. 나의 체험 그 이상의 세계를 상상하기 위해서는 생각을 유연하게 유지해야 하는데 그것에 점점 더 큰 노력이 요구된다. 그럼에도 좋은 책을 만들기 위해서라면 좋은 사람이 되고 싶고 좋은 삶을 꾸려가고 싶다. 여전히 좋은 글을 보면 그것을 책으로 만드는 그림을 그리고, 사람이 궁금해지면 당장 연락할 방법을 수소문한다. 나는 책을 만드는 일이 이렇게나 좋다. 시간을 돌려서 직업을 다시 선택하라고 해도 이 길을 처음부터 제대로 걷고 싶을 만큼.

나의 곁에는 늘 좋은 편집자들이 많다. 기획, 구상, 콘셉트를 잡는 방식부터 분야가 다른 책의 진행 매뉴얼, 저자와 관계를 잘 유지하고 회사에서 잘 소통하는 법까지 곁에 있는 선후배와 동료들에게 배웠다. 회사 안팎의 동료들에게 많은 빚을 지며 여기까지 무사히 왔으니 모쪼록 이 책이 동료들에게 작은 감사 인사가 되었으면 좋겠다. 덧붙여 원고를 읽을 줄만 알았지 원고를 쓸 기회가 올 거라고는 상상도 못했던 내가 첫 책을 집필할 수 있도록, 내 안에 흩어져 있던 이야기를 꺼내놓도록 기회를 준 박선주 편집자님께도 고마움을 전하고 싶다.

내 직업이 편집자라고 하면 편집자는 무슨 일을 하는지 되묻는 사람이 많았다. 책은 작가가 쓰는데 왜 편집자가 마감하는 것인지 궁금해하는 사람들을 떠올리며 내가 하는 일에 대해 차근히 설명해주고 싶었다. 책을 만드는 것보다 쓰는 게 더 의미 있지 않겠냐는 타박 같은 잔소리와 혹시 작가 지망생인데 편집자 일을 하는 것이냐는 의심의 눈길을 보낸 사람들에게 책을 만드는 내 일이 얼마나 재밌고 보람 있는지 친절히 알려주고 싶었다.

무엇보다 책이 좋아서, 손에 들고 있는 책 너머에서 벌어지는 일까지 궁금한 독자들이 편집자라는 직업의 세계를 흥미롭게 탐험할 수 있기를 바란다. 그리고 독자들의 세계에도 나를 초대해주시기를. 나도 여러분의 일의 세계가 너무 궁금하다. 어쩌면 내가 당신의 인생을 편집할 수 있는 행운이 찾아올지도 모르겠다.

그럼 지금부터 많은 편집자를 대신하여 책 만드는 일의 기쁨과 슬픔을 낱낱이 보여드리겠다. 서점을 가득 채운 책들이 저마다 만든 사람들의 애정과 수고를 품고 있다는 걸, 책을 펼칠 때마다 떠올려주시길 바란다.

2021년 가을

이지은

차례

3부 여전히 책이라면 힘이 납니다

4부 당신을 만나러 갑니다

1부

책 만드는
편집자가
일하는 법

매일 잘할 수 없는
일의 세계

인생 첫 출근일로부터 만 14년이 지난 아침이다. 베란다 창 밖에는 연둣빛 나뭇잎들이 가득하다. 우리집 베란다 밖 정원에는 스무 살이 넘은 것으로 추정되는 전나무가 서 있다. 3년 전 막 이사를 왔을 때만 해도, 7층 집 아래로 나무우듬지가 내려다보였는데…… 어느새 천장 높이만큼 훌쩍 자랐다. 거리를 지나며 보았을 때는 이미 다 자란 것 같은 키여서, 더 클 수 있을 거라 상상하지 못했는데. 인간의 상상 따위 아랑곳하지 않고 나무는 까치둥지를 품고, 비가 대책 없이 쏟아져도, 강풍에 잔

가지가 부러져도, 추웠다 더웠다 계절이 바뀌어도, 그 자리에서 꼿꼿이 버티고 서서 조금씩 자신만의 속도로 자라나 살아 있음을 증명하고 있다.

　나도 창밖의 나무처럼 아무도 모르게 자라왔을까. 오랜 시간 학생이었다가 어느 회사의 직원으로 소속되던 그날엔 무슨 생각을 하면서 집을 나섰을까.

　SBI*를 다닐 때부터 첫 월급을 받기 전까지, 잠시 이모 집에서 살았다. 고양시 화정에서 파주의 파주출판단지까지 출퇴근했다. 스마트폰도 없던 시절에 버스를 세 번이나 갈아타야 했는데 버스 시간이 어긋나는 바람에 출근 첫날부터 요란하게 30분이나 늦어버렸다. 옆자리 선배는 간신히 자리에 앉은 내게 업무를 하나 주었다. 나오키상을 받은 일본 작가의 소설을 곧 출간할 예정인데, 영문 매체의 인터뷰 자료를 번역해달라고 했다. 생각지도 못한 업무 요청에 신입 테스트일까, 혹시 퇴근 전까지 마쳐야 하는 걸까 하는 걱정에 등뒤로 진땀이 한 바가지 흘렀다.

　점심에는 신입이 왔으니 편집부 다 같이 맛있는 것을 먹자고 외치는 편집장님을 따라가 해물뚝배기를 먹었고, 미어캣처럼

---

* Seoul Book Institute, 서울출판예비학교. 고용노동부의 지원을 받아 한국출판인회의에서 운영하는 '채용예정자과정'이다.

하루종일 사무실에서 무슨 이야기가 오가는지 귀를 쫑긋거리며 지냈다. 마침내 일과가 끝나고 길고 긴 귀갓길을 지나 집에 돌아온 나는, 이모부와 이모가 차려준 밥상 앞에서 눈물을 뚝 흘리고 말았다. 회사가 너무 조용하다고, 사람들이 나에게 별 관심이 없고 말도 걸어주지 않는다고……. 나의 생애 첫 출근날은 그토록 어리숙한 사회초년생의 안쓰러운 눈물로 마무리되었다(천 번을 흔들려야 어른이 된다더니, 직장생활 15년간 흘릴 눈물의 서막이었다).

SBI를 들어갈 때부터 마음속으로는 출판 정년을 막연히 마흔쯤으로 생각했다. 업계에 떠도는 이야기들을 주워들은 탓이었다. 100권쯤 만들면 책 만드는 데 베테랑이 되는 걸까. 그때쯤에는 나의 출판사를 창업해도 될까.

시작과 동시에 끝을 바라봤지만 그렇다고 마냥 슬픈 이야기는 아니다. 출판계에 입문하는 동시에 혼자 창업할 거라는 가정하에 업무를 배웠다. 편집, 디자인부터 제작과 영업에 이르기까지 책 만드는 과정과 책이 독자의 손에 쥐어지기까지의 일이라면 모두 알고 싶었다. 편집부 선배들뿐 아니라 회사 사람들을 두루 쫓아다니며 궁금한 걸 물어보았고(다른 부서 회식도 철없이 쫓아가 어울리는 편집부 막내였다) 출판계 모임에도 참여하며 내가 대표가 되었을 때를 상상하길 좋아했다. 덕분에 같이 일하는 사람들의 업무를 속속들이 파악하고 발맞춰 협업할 줄 아는 편집자가 되었다. 그리고 마흔이 되기까지 2년이 남았다(눈물 좀 닦을까).

돌이켜보니 마흔이라는 나이를 경계하느라 정작 책 만드는 사람은 어떤 사람이어야 하는지 진지하게 고민해보지 못했다. 다만 요즘 들어 누군가에게 책을 내보겠냐고 제안하는 일에 묵직한 책임을 느낀다.

유명한 모든 사람들이 책을 내지는 않지만 책을 내는 사람은 오래된 매체인 '책'을 통해서 독자들의 신뢰를 얻는다. 이는 출판사가 아무에게나 책을 쓰게 하지 않는다는 확신에서 비롯되는 것 같다. 또 그 믿음은 각종 매체 및 기관에서 전문가로 초빙해도 좋을 사람으로 여겨진다. 그러니 책을 내자는 제안은 일종의 권위와 신뢰를 부여하는 방식으로 조금은 신중해져야 하지 않을까, 독자 곁에 서 있는 편집자는 기본적인 윤리의식을 갖추고 사회가 나아가야 하는 방향에 조금이라도 보탬이 되는 책을 만들어야 하지 않을까 하는 생각에, 더 좋은 책을 내기 위한 마음을 다잡아본다.

"무리하지 않아도 괜찮습니다. 더욱이 아침이라 몸이 뻣뻣하다고 느껴진다면 여기서 멈춰도 괜찮아요. 내 유연성이 허락한 다면 종아리를 잡고 가슴 쪽으로 조금 더 당깁니다. 중요한 건 근육을 많이 늘리는 것이 아니라 내가 할 수 있는 범위 안에서 호흡을 느끼면서 수련하는 거예요. 어제는 잘되던 게 오늘은 안 될 수도, 오늘은 잘되던 게 내일은 안 될 수 있어요. 받아들이고 그 안에서 최선을 다하는 나 스스로의 수련을 만들어가세요."

아침마다 만나는 영상 속 요가 선생님(유튜버 요가은)이 다정하게 말을 건넨다. 뻐근한 목과 어깨, 허리를 풀어주는 스트레칭을 하는데 귀에 쏙 꽂힌다.

맞다. 매일 잘할 수 없는 게 일의 세계이고, 나의 기대에 맞춰 모든 사람이 일정대로 움직일 수 없는 게 책을 만드는 일이다. 어쩌면 매일 아침, 책상 앞에 여덟 시간 동안 앉아 일을 하기 위해 내 몸을 아프지 않게 돌보는 정도로도 내 몫은 충분하다. 사실은 그게 가장 중요하다.

일을 앞세우지 않기.
자신을 돌보는 걸 미루지 않기.

편집자의
보통날

오전 10시

출근. 자리에 앉자마자 메일함 확인으로 업무를 시작한다. 받은편지함에 뜨는 숫자가 높을수록 오전 업무가 바빠진다. 작가님들이 새로 보내온 원고를 확인한다(주말이 지난 월요일에 많고 주로 월말 마감이기에 마지막주에 더 많다).

이가라시 미키오 작가님(35년째 보노보노를 그리고 있다!)과 이랑 작가님(『오리 이름 정하기』를 작업했던 인연이 있다)의 서신 교환 프로젝트가 진행중인데, 오늘은 이랑 작가님이 무려 두 통의 편지를 한 번에 보내왔다(지금 흐르는 건 눈물이 아니야. 감동이 야……). 편지가 번갈아 오가고 한 달이 흘러 어느덧 원고가 꽤 모였다. 이 좋은 걸 나만 읽고 있는 게 아쉬워서 호들갑 떨며 편집부 단체 채팅창에 공유한다. 매번 좋은 건 좋다고 크게 외치는 사람이 나다.

다음 메일은 두 달 뒤 출간할 책 A의 그림 작가님이 보낸 작가 캐릭터와 샘플 그림 원고다. 첨부파일을 다운받고 열기까지 두근두근. 매번 작업 결과물이 좋은 작가님이라 안 봐도 역시지만, 오늘도 역시. 이야기 속 장면을 그대로 그리는 것은 독자의 상상을 방해할 수 있으니 글 안의 작가 마음과 기분을 그려보기로 했다는 작가님. 원고를 살려줄 그림임에 틀림이 없다. 마음속으로 만세를 세 번 외친다. 이대로 캐릭터를 확정하고 앞으로의 일정과 인쇄·제작 사양, 그리고 전반적인 작업에 대한 의견을 나누고자 미팅을 제안하는 답장을 쓴다.

메일을 열고, 내용을 파악하고, 첨부파일을 열어서 살피고. 읽고 난 뒤 오는 짜릿한 감상을 답장으로 쓰고.

오전 11시

저자 관련 논의사항을 보고했다. 회사와 저자 사이에 있는 담당 편집자로서 어떤 입장을 취해야 할지 균형을 잘 잡아야 한다. 회사 밖 저자의 이야기를 나의 해석을 덧붙이지 않고 그대로 전달한다. 어느 한쪽의 입장을 취하지 않고 건조하게 접근해야 불필요한 오해가 생기지 않는다. 회사 입장을 설명 듣고 오해가 없도록 상세히 정리해 작가님에게 메일을 발송했다.

점심시간

파티션 너머의 동료들과 유일하게 얼굴을 맞대고 소소한 일상을 공유하는 시간. 주로 어떤 일을 진행하고 있는지, 최근 관심사는 무엇인지 이야기 나누고, 그 외에 공통적으로 스트레스 받고 있는 이슈에 대해 의견을 나누기도 한다. 취향과 결이 맞는 사람들과의 수다는 언제나 즐겁다.

오후 2시

책 A의 PC교* 파일을 작가님에게 보내며 이메일을 작성한다. 질문이 많다면 별도로 정리해서 첨부하지만, 간단한 답신으로 해결될 수 있는 사항이라 메일로 작성해 보냈다.

---

* 원고를 처음 교정교열 하는 과정. 보통 초교. 재교. 3교라고 하며 최소 세 번 혹은 네 번의 교정교열을 거친다.

오후 3시

지난주 기획회의 시간에 팀과 공유한 기획안을 좀더 다듬고 작가님께 제안 메일을 발송했다. 어쩌면 세상에 없던 책의 첫 삽을 뜨는 순간. 제안서를 써보느냐 아니냐에 따라 나와 작가님의 인연이 책으로 엮이느냐 아니냐의 기로에 선다.

이번 기획안에 가장 중점을 둔 것은 작가님이 쓸 수 있다고 생각한 가목차 부분이다. 그간 기고했던 글을 꼼꼼히 읽고, SNS에 남긴 기록을 원고의 콘셉트에 맞게 모아서 작가님은 이미 다 쓴 거나 다름없어요, 라고 설득하고자 했다. 타 출판사와 계약된 콘셉트와 중복되지는 않는지, 그것이 변수가 될 것 같다. 오늘 하루 업무 중 긴장과 부담을 오가는 일이다.

작가님의 선택을 받을 수 있을까. 이 기획서는 받아들일 만한 가치가 있는 걸까. 더 망설이다가는 라켓 한번 휘둘러보지 못하고 타임아웃 될 수 있으니 일단 오늘은 서브를 넣는다. 이제 공은 작가에게로 넘어갔다.

오후 3시 30분

석 달 뒤 출간할 소설 B의 작가님이 삽화에 대한 피드백을 주셨다. 그림 작가님이 콘셉트를 정확히 담아 그려준 스케치였기에 편집자와 같은 의견이라고 공감해주었다. 작가님의 일부

수정 의견은 그림 작가님께 그대로 토스한다.

다른 어떤 말을 덧붙이지 않아도 될 만큼 한 번에 완벽한 스케치를 주는 그림 작가님을 만나는 건 엄청난 행운이다. 평소 눈여겨보던 그림 작가님에게 협업 제안을 할 수 있는 것도 설레는 일 중 하나다.

작가님께도 의견 잘 받았다고, 그림 작가님께 의견을 전달했다고 보고 메일을 발송했다.

오후 4시

마케팅부에서 메시지가 왔다. 다음달에 출간될 책 C의 마케팅 계획을 위한 기초 자료 작성을 요청해온 것. 담당 편집자가 잘 알고 있는 책의 내용과 콘셉트, 주요 카피를 채우고, 데이터 마감일을 확인하고, 초판 부수, 기준 정가 등을 마케팅 담당자와 논의했다.

오후 4시 30분

드디어 책 C의 교정지를 펼쳐본다. 시급하고 중요하고 가장 집중력을 요하는 작업이라 그럴 수 있는 시간을 내야 하지만 다른 업무를 처리하다보니 이 시간이다. 업무모드가 변환되기까지 시간이 좀 걸린다. 내가 본 교정이지만 다시 한번 첫 페이지부터 수정 내용을 확인하며 훑어보고 감을 잡아본다.

교정 단계이지만 추가되는 새 원고도 상당하다. 디자이너의 수정이 용이하도록 교정지에 표시하지 않고 텍스트 파일로 정리한다(그럼 디자이너는 텍스트를 복사, 붙여넣기 한 후 디자인 스타일만 잡으면 된다). 맨 뒷면에는 독자가 쉽게 찾아볼 수 있도록 색인도 넣기로 한다. 참고 도서 색인 스타일을 살피고 사진도 같이 넣는 게 좋을지 등 디자이너와 의논이 필요한 부분은 별도로 메모한다.

원고를 보면서 카피로 쓸 수 있는 내용은 따로 메모해두고 부제를 고민하면서 교정을 본다. 익숙지 않은 요리 실용서라지만 한 페이지 보는 데 드는 시간이 꽤 상당하다. 그래도 집중해서 보면 점점 빨라지겠지…… 했는데, 어라 벌써 6시다.

…… 밖에 비가 많이 오네.

…… 일단 오늘은 철수.

내일은 일찍 출근해서 이 교정지부터 들여다봐야지. 다른 것보다 이 작업을 우선으로 하자며 내일의 나에게 부탁하고, 일단 컴퓨터 끄고 퇴근!

다정한 기억에 기대어
오늘도

'7분 열차를 놓치면 지각인데…….'

월요일 출근길, 늘 같은 시간. 횡단보도 앞에 서서 신호가 바뀌기만을 기다리고 있었다. 모처럼 알람 시간보다 30분이나 일찍 일어나 여유롭게 아침밥까지 챙겨 먹고 나와서는 이렇게 초조해하고 있다니. 끄물끄물한 날씨마저 기분을 더욱 가라앉힌다.

그때였다. 신호가 바뀌고 횡단보도를 건너는데, 건너편 역 입구에서 누군가 나오더니 나를 향해 걸어왔다. 순간 눈을 의심했다. 찰나였지만 나의 고등학교 시절, 유난히 동그란 눈과 다정하고 낮은 목소리를 가졌던 국어 선생님이 겹쳐 보여서. 졸업하고 어느덧 내 나이 절반만큼의 시간이 더 흘렀으니 그때 내 기억과 같은 모습일 리 없는데도. 항상 학생들을 마음 다해 아껴 주셨던, 다정한 선생님과 닮은 사람은 나를 무심히 교차해 지나쳐갔다.

어렸을 때 나는 참 조용한 아이였다. 집에서도 없는 듯 방에서 책만 보던 아이였다. 유치원 다닐 때는 다른 아이들은 선생님을 따라 힘차게 율동하는데도 나는 엄마 치맛자락 뒤에 숨어만 있었고, 학교에 입학해서는 친구들과 어울려 놀기보다 동네 도서관으로 달려가 나와 눈이 마주친 책들을 쏙쏙 뽑아 빌려오는 게 취미였다. 엄마는 가끔 아빠 친구들이나 친척들 앞에서 이렇게 말했다.

"지은이는 책을 참 좋아해요. 책 읽는 걸 너무 좋아해요."

어쩌면…… 나의 독서 습관은 엄마에게 사랑과 관심을 받기 위한 하나의 전략이었다가 어느새 내 것이 된 것일지도 모른다 (진심으로 그렇게 생각한다). 엄마는 스무 살에 나를 낳고 빠듯한 살림에 온갖 고된 일을 하며 돈을 벌었다. 그런 엄마에게 자랑스러운 딸이 되고 싶어서 엄마 친구들이 수다를 떠는데 그 옆에서 책을 읽으며 어른들 이야기가 하나도 안 들리는 척했다.

"쟤는 책을 읽으면 집중력이 너무 대단해요. 불러도 대답을 안 한다니까."

입꼬리가 올라가려는 걸 간신히 붙들고 앉아 있던 아홉 살 무렵의 나. 나는 신이 나서 손에 잡히는 대로 책을 펼쳤다. 물론 가장 먼저 책등과 분리되어 책장이 하나씩 떨어진 건 『몬테크리스토 백작』, 『기암성』과 같은 으스스한 추리물이었고.

이동도서관 버스가 집 앞 골목까지 찾아왔다. 일주일에 한 번, 오는 요일에 맞춰 찾아가 친절한 사서 선생님께 읽은 책을 반납하고 새로운 책을 빌리곤 했다. 그즈음에는 동화책 시리즈를 열심히 읽어나갔다. 시간을 멈추는 능력을 가진 주인공이 등장하며 위험에 처한 아이들을 구하거나 아이들이 탐정이 되어 어른들의 만행을 막고 가족을 구하는 이야기. 그런 책을 읽고 나면 언젠가 낯선 곳에 혼자 떨어질 때를 대비해 비상 짐 가방을 꾸려놓았고, 별거 아닌 사건사고들을 기록하는 탐정수첩을 만들기도 했다.

중학생이 되어서는 종종 엄마의 일터인 한의원 근방에 있는 도서관으로 향했다. 엄마는 3평 남짓한 탕약실에서 약 달이는 일을 10년 넘게 했다. 달큰한 한약 냄새를 풍기며 퇴근하는 엄마를 기다리며, 서가에 꽂힌 책들을 하염없이 구경했다. 한 번도 가보지 못한 나라의 여행기를 주로 빌려 읽었다. 그곳의 나를 상상하는 것만으로도 이상한 나라의 앨리스가 되는 짜릿한 해방감을 느꼈다.

이렇게 책을 친구 삼아 살게 된 게 엄마 덕분이라면 글을 쓰게 된 건 오늘 아침 문득 떠오른 그 선생님 덕분이다. 고등학교 국어 시간, 선생님은 노트에 수업 필기와 과제 외에도 무엇이든 쓰라고 했고, 모든 학생의 노트를 걷어가 피드백을 해주셨다. 그 피드백 한 줄이 너무 좋아서, 지난 주말에 본 명화 리뷰나 유난히 마음을 울리는 노래 가사들을 적었다. 어쩌면 아무것도 아닌 글 속에서 나를 알아봐주고 나만이 쓸 수 있는 글이라고, 파란색 플러스펜으로 노트 마지막 줄에 적힌 선생님의 말이 지금의 나를 있게 한 것도 같다.

"네가 쓰고 싶은 글을 써도 누가 뭐라고 하지 않아.
별거 아닌 이야기 같지만 너만이 할 수 있는 이야기였어.
너에게는 친구들과 다른 이런 모습이 있구나!"

나를 믿어주고 놀라워해주고 끝없이 감탄해주는 존재가 있다는 것만으로도 또다시 글을 쓰게 만든다.

편집자가 된 후로 글에 대한 피드백을 받고 싶어하는 작가님들께 처음에는 무슨 말을 해야 할지 몰랐었고, 조금 익숙해져서는 어쭙잖게 좋고 나쁘고를 판단해버리면서 상처를 줬을지도 모르겠다. 다만 경력이 이렇게 훌쩍 쌓이고 난 지금은 내가 파란색 플러스펜으로 받았던 선생님의 응원을 그대로, 작가님들에게 진심을 다해 건넬 뿐이다.

"할 수 있어요. 지금처럼만 써주세요.
무엇이든 쓰면 그다음은 제가 정리해볼게요."

답은 쓰는 사람에게 있다. 그걸 살짝 꺼내 보여달라고 속삭이는 존재, 보여주었을 때 비난하지 않을 누군가가 우리는 늘 필요하다. 거기서부터 편집자는 시작하면 된다.

책이
밥 먹여주냐고요?

"제 책장에는 귀사에서 나온 책이 가득 꽂혀 있었습니다. 이에 귀사에 편집자로 지원하고 싶습니다……."

팀원을 직접 뽑을 기회가 드디어 내게도 왔다. 새로 올 분에 대한 기대감에, 앞으로 더 재밌게 신나게 일을 도모할 생각에, 채용 공고를 올린 날부터 설렘 반 두려움 반을 느끼고 있다. 나를 받아준 선배들도 이런 마음이었을까. 모니터 화면을 채운 지원서 문장 위로 첫 직장의 편집장님부터 그간 거쳐온 상사들,

선배들, 동료들이 빠르게 스쳐간다.

책장에 우리 책이 가득 꽂혀 있다니. 이런 귀여운 거짓말을 보았나(엄마 미소). SBI 교육과정을 졸업할 무렵, 어느 출판사를 지원해야 할지 막막했던 우리에게 선생님이 말씀하셨다. 책장을 살펴보라고, 자신의 취향이 보일 거라고. 취향이 맞는 책을 출간하는 그 회사에 지원하면 된다고. 학창 시절 나의 책장은 엄마 취향을 고스란히 물려받았다. 사춘기 시절 내 마음에도 와닿던 스님 에세이와 잠언집, 당시 많이 팔리던 소설 등이 책장에 가득했다. 선생님의 조언을 따라 평소에 내가 주로 읽던 분야의 책을 출간하는 출판사에서 사회생활 첫발을 내디뎠다.

어느새 열 살 아래 후배들의 지원서를 읽는다. '졸업 예정'이라는 말 뒤에 아직 사회를 겪어보지 못한 누군가의 초조함과 간절함, 설렘을 동시에 읽는다. 책을 만드는 과정에 대해 알 길이 없으니 그간 읽어왔던 책을 토대로 하고 싶은 일들을 상상해보았겠지. 책 뒤에 숨은 노동의 과정을 알기 전까지, 매일 출퇴근을 하며 주말을 기다리는 직장인이 되기 전까지 독자로서, 학생으로서 미지의 세계를 향해 동경과 환상을 품던 그 시간이 어렴풋이 떠오른다.

나는 문과를 택했고, 불어불문학을 전공했다. 언어를 배우는 일은 생각보다 정적이어서 지금 내가 살고 있는 사회를 관찰하며 실시간으로 변화를 목격하는 언론정보학을 복수 전공했다. 3학년쯤 되니 친구들은 공무원 수험서를 들고 도서관으로 향했다. 언제 붙을지 모를 끝없는 줄에 설 자신은 없었다.

취업 스터디에 들어갔다. '전공 불문'이라는 말에 용기를 갖고 대여섯 군데에 지원서를 냈지만 연락은 오지 않았다. 지원서를 쓰고 있지만 그 회사에서 내가 무엇을 할 수 있을지 막막하기만 했다. 스터디 멤버들이 하나둘 면접 경험을 쌓는 동안, 나는 24년 인생 자체에 대한 패배감을 느끼고 있었다. 즐겁게 배웠던 학문이, 우리 삶의 아름다움을 찬양하고 지혜로운 이야기를 전하는 글 속 세계를 탐험한 것이 한순간에 시간 낭비였다고 낙인이 찍히는 기분이었다.

그러던 어느 날, 취업 스터디를 하기 위해 이른 아침부터 학교 휴게실에 앉아 신문을 뒤적이던 중 광고 하나가 눈에 띄었다.

"책이 밥 먹여주냐고요? 네, 밥 먹여줍니다."

지금 생각하면 참 아찔한 카피가 아닐 수 없는데, 내게는 '책'과 '밥'이 정말 대문짝만하게 보였다. SBI 2기를 뽑는다는 모집 광고였다. 그 광고 하나를 보고 지원해 처음으로 면접을 보았고, 우여곡절 끝에 합격 통보를 받았다. 대전을 떠나 서울에 있는 SBI를 다니기 위해 이모 집에 잠시 얹혀살기로 했는데 복병은 아빠였다.

"안 가면 안 되냐? 여기서 공무원으로 일하다가 시집가면 얼마나 좋아?"

나는 기가 막혀서 목이 메었다.

"아빠, 나는 공무원 하기 싫어요."

그저 '안정적'이라는 말로 다른 기회를 생각해보지도 못한 채 수험생으로 살기 싫었다. 어마어마하게 높은 경쟁률이 무서웠고, 무엇보다 수험생 체질이 아닌 걸 내가 잘 알았다. 내 고집을 잘 아는 아빠는 고양시에 있는 이모 집으로 짐을 날라주었고, 그뒤로 6개월간 SBI 교육과정을 무사히 마쳤다.

SBI 졸업을 앞둔 2007년 어느 여름날, 파주출판단지에 있는 한 출판사 앞에 섰다. 동기 몇몇과 함께 입사 시험 및 면접을 보는 날이었다. 산업단지로 조성해놓은 출판단지는 으리으리한 빌딩 대신 하나하나 개성을 뽐내는 예술작품 같은 건물로 가득했다. 이곳으로 출퇴근하게 될 나 자신을 상상하니 몸 안쪽 어딘가가 간지러워지는 느낌이었다.

영문 원고 번역과 교정 시험을 간단히 보고 대표님과 편집장님 앞에 앉아 면접을 보았다. 너무 떨려서 목소리가 제대로 나오지 않았다. 그간 무엇을 배웠는지 물어보는 질문에, 책을 만드는 사람으로 가져야 할 마음가짐에 대해 충분히 생각하고 토론한 시간이었다고 말했다. 정말 그랬다. SBI에서 보낸 시간은 기술이 아니라 '출판인'이라는 정체성을 이식받는 시기였다. 출판학교 선생님들은 내가 그간 손에 잡히는 대로 읽어왔던 책이 아니라, 독자가 만날 '책'이라는 물건을 만드는 일의 의미를 가르쳐주고자 했고 그 과정을 안내해주었다. 그 시간 덕분에 앞으로 좋은 책을 잘 만들어보고 싶다고 입사 포부를 밝혔다.

그날의 면접으로 입사를 확정지었다. 처음으로 연봉 계약서에 사인한 날, 내 손으로 돈을 번다는 게 실감이 나지 않았다. 나의 부족함을 어떻게든 빠르게 채워서 선배들에게 도움이 되는 편집부 일원이 되고 싶었다. 발 동동 구르면서도 겉으로는 태연한 척을 많이도 했다. 선배들은 나에게 모자람 없이 가르침을 주었다.

편집자라는 직업을 알게 되고 내가 꿈꾸던 일이라고 생각했다. 단순 업무보다 창의적인 일을 하고 싶었고, 매번 새로운 프로젝트를 시작해 나의 흥미를 계속 유지할 수 있을 것 같았다. 박봉이라지만 나의 일을 사랑하면서 얻는 만족감이 클 것 같았다(첫 회사에서부터 월급이 안 나올 줄은 몰랐지). 대부분 작은 규모의 회사라고 하지만 그래서 가족적인 분위기에서 귀여움 받는 신입사원이 될 수 있을 것 같았다('가족'의 함정을 그땐 몰랐지).

메일함을 가득 채운 지원서 속에서 최저임금도 안 될 금액을 희망 연봉으로 적어놓은 지원자를 본다. 당장이라도 만나서 사회생활 그렇게 만만한 거 아니야, 정신 바짝 차려야 해 하고 흔들어주고 싶다. 경력이 꽤 많은 누군가는 자기 경력 반 정도에 해당할 금액을 희망 연봉으로 적었다. 업계의 현실일까, 어떻게든 취업이 먼저라는 생존을 위한 방편일까. 한편으로는 출판계에 대해 아무 정보가 없는 신입인데도 남자 지원자와 여자 지원자의 연봉 차이에 아찔하다. 주변에서 보고 듣는 연봉의 차이일까, 사회에서 심어준 인식 차이일까…… 언제쯤 이 차이를 동등하게 끌어올릴 수 있을까.

출판사에서 구체적으로 무슨 일을 하게 될지 아직 상상되지 않을 누군가에게 나는 그래도 힘주어 말하고 싶다. 책을 만드는 일은 정말 매력적이라고, 사람 때문에 힘들어도 책을 만드는 일에는 헤어날 수 없는 마성이 있다고. 그러니 첫걸음부터 신중하게 택하는 게 좋을 거라고 넌지시 알려주고 싶다. 한 사람의 생각을 눈에 보이는 무언가로 만드는 일, 그렇게 만들기 위해 작가와 신뢰를 쌓는 일. 책 한 권이 탄생하기 위해서 여러 분야의 사람들과 머리를 맞대고 성을 쌓아가는 일은 생각보다 많이 뿌듯하고 기쁘다고. 그중 제일 좋은 건 세상에 없던 책이 탄생하면서 내 인생의 마디를 하나씩 채워넣는 일이라고. 그 길을 함께 걸어갈 당신을 이 길 위에서 기다리고 있겠다고.

이것도
내 업무입니까?

유튜브 채널 '민음사 TV'의 〈말줄임표〉를 종종 재밌게 본다. 책을 홍보하는 플랫폼으로 유튜브 채널을 만들고 싶었던 무수한 출판사들이 실패를 겪었다. 오직 민음사 TV만이 구독자 수와 조회 수 모두 남달랐다. 이 채널은 "우리 책 좋아요", "이 책이 이렇게나 의미가 있는데 안 읽으면 손해"라는 식의 '책팔이' 방송을 하지 않는다. 대신 평소에 독자들이 만날 수 없었던, 책 너머에 숨어 있던 스태프들이 출연해 "책이라는 넓은 자장 안에서 우리 이렇게 친해져봐요" 하며 다가간다.

또, 독자들이 어디서도 볼 수 없었던 책을 만드는 구체적 과정인 기획회의와 마케팅회의를 공개하기도 했다. 신간홍보회의든, 제목회의든, 기획회의든 함께 둘러앉아 아무 말에 가까운 이야기들을 나누다 웃다 무언가 정해지고 진행되는 게 출판사에서 일하는 나는 익숙한데, 그런 회의까지 촬영 소재로 대담하게(?) 공개하며 출판사가 낯선 독자들을 유튜브 앞으로 끌어당겼고 그 작전은 유효했다.

회의가 끝난 후 각기 다른 총평을 내리는 편집자들의 한마디는 마치 미국 드라마 〈더 오피스〉 같은 재미를 주었다. 한 편씩 아껴 보는 동안 직접 만나본 적도 없는 다른 회사 편집자들에게 혼자 내적 친밀감이 폭발하게 되었는데, 우연히 마주치게 되면 나도 모르게 반갑게 인사를 건넬지도 모르겠다(그쪽은 당황하시겠지). 그렇게 〈말줄임표〉 시즌 1 종료를 알리는 마지막 에피소드를 보던 날, 마음이 쿵 내려앉는 말 한마디가 있었다.

진행자　　〈말줄임표〉를 하면서 힘든 점이 있었다면?
출연 편집자　자아분열이 힘들고, 왜 그런 거 있잖아요. 유튜브 이게…… 내 업무인가?

어느새 1년이라는 긴 시간 동안 대중 앞에 자신을 내보이는 일에 부담을 느낀 건 아니었을까. 책을 만드는 주업무가 아니라 회사의 브랜드를 키우기 위해 유튜브 채널에 출연하는 건, 천년 만년 한 회사에 다닐 것도 아닌데 직원이 회사의 얼굴이 되는 건 누구에게나 어려운 일이다. 더구나 아무리 회사를 위한 일이어도 해야 할 직무에 가욋일까지 해내는 건, 본업에서의 에너지도 시간도 빼앗기는 일이기도 하다.

'이게 내 업무인가?'

편집자들이 자주 머릿속에 떠올리는 질문이다(내가 편집자로서 해본 일 중 편집과 가장 거리가 멀었던 것으로는 표지 사진 촬영을 위해 헤어메이크업 실장님 섭외부터 그날의 촬영 콘셉트 자료 만들기, 머리끝부터 발끝까지 코디하기…… 등이 있다). 나의 업무를 돌아보면, 책을 만드는 일 중 교정교열을 보면서 문장과 싸우고 표지 문안, 띠지 문안을 쓰고 보도자료를 쓰는 건 편집자의 업무 중 대략 40퍼센트 정도 해당한다.

계약서를 작성하고, 검토하고, 피드백을 받고, 수정하고, 기안하고, 날인받고, 계약금 지출결의서를 올리는 일에도 하루의 20퍼센트를 할애하고 있는데, 흔히 편집자의 업무로 잘 언급되지 않는다(편집자는 사원일 때부터 본인이 기획한 저자와 맺는 출간계약을 관리자의 컨펌 아래 직접 처리한다).

예전에는 책을 잘 만드는 업무까지가 편집자의 일이고 책이 나온 이후의 일들은 마케터(영업, 홍보)에게 바통을 넘긴다고 생각했다. 책이 나오기까지 정말 많은 에너지를 쏟았기에, 이제는 다른 사람이 나와 같은 애정으로 책임감 있게 책을 돌봐주기를 바라면서.

하지만 책을 포함해 콘텐츠들이 폭발적으로 늘면서 덩달아 독자들의 시간을 확보해야 하는 출판 시장도 더욱 빨라지고 치열해졌다. 책 한 권이 시장에서 조명되는 시간은 점점 짧아져만 가고 출간된 직후에 반응을 단시간에 끌어올리기 위해 각종 이벤트며 카드뉴스[*], 홍보 영상 제작[**] 등 5년 전만 해도 크게 중요하지 않았던 일들이 필수적인 업무로 자리잡고 있다.

'저자 마케팅'이라는 것도 매우 중요해져서(어쩐지 혹은 왜인지) 저자와 소통을 담당하는 편집자가 마케터와 저자 사이에서 해야 할 일도 점점 늘어간다. 책을 출간했으면 다음 출간할 원고를 보아야 하는데, 출간 이후 부수적으로 따라오는 업무[***]가 보통 한 달, 길게는 서너 달 동안 이어지기도 한다(물론 책이 많이 팔려서 길어지는 경우는 덩달아 신이 나서 처리한다).

---

[*] 주로 카피는 편집자의 몫.
[**] 저자 섭외, 내용 검수 및 컨펌 또한 편집자의 일.
[***] 섭외 연락, 행사 및 인터뷰 동석, 저자 SNS 홍보 내용 전달, 각종 굿즈 제작 관련 컨펌 등.

그렇다고 다음 책의 일정이 마냥 나를 기다려주는 것도 아니다. 부수적인 업무가 그때그때 빠르게 해결해야 하는 속성을 가진 탓에, 보통 홀로 하는 본업*은 뒷전으로 밀리다가 야근과 주말 특근, 혹은 집으로 교정지를 싸들고 가는 게 일상이 된다.

억울하기도 했다. 특히 연차가 적을 때는 저자 응대만으로도 신경이 많이 쓰였던지라 책이 나온 이후의 소통은 왜 담당 마케터가 직접 하면 안 되는지 의문이 들기도 했다. 나를 기다리고 있는 원고와 그뒤의 저자를 떠올릴 때면 책 만드는 일이 어느새 '얼른 해치워야만 하는' 과중한 업무가 되어 있었다.

그러다 처음으로 내 책은 내가 끝까지 책임져야겠다고 받아들이게 된 일이 있었다. 트위터에서 활동을 오래해온 한 작가님의 책을 맡으면서였다. 입사 이래 처음으로 내가 담당하는 도서에 '전략도서'라는 타이틀이 붙었다. 팀 안에서 그달의 매출 70퍼센트를 담당하게 될 책이란 뜻이었다. 회사 내에서는 유머러스한 그림체와 내용은 재미있지만 실용적 쓰임이 있는 책이 아니라서, 또 트위터 팬들이 구매까지 따라오지 않을 거라는 판단으로, 다른 전략 도서를 찾는 분위기가 역력했다.

* 책상 앞에 엉덩이를 붙이고 앉아 원고를 보는 일.

'아니, 나만 재밌어? 나만 이렇게 작가님이 잘될 거라는 예감이 드는 거야?'

마케팅팀이 관심 없으면? 나는 내가 할 수 있는 일을 하기로 했다. 일단 '전략도서'라는 1차적 판단은 회사가 내린 것이었으므로(보통 출간 2개월 전에 완성된 원고를 보고 판단을 내리는데 번복은 없었다), 출간 후 화력을 보여주면 자연스레 마케팅 지원이 따라올 것이었다(아니 근데, 이 화력을 왜 편집자가 붙여야 하는지는 일단 덮어두기로 하자). 마감하는 와중에 이래서는 안 된다는 위기감에 휩싸여 있다가 인쇄 감리까지 다녀온 이후에 '친필 사인본'을 만들자고 제안했다(지금은 안다. 미리 재단된 면지에 쉽게 사인을 한 후에 제본할 수 있는데 처음 해보는 거라 책이 다 완성된 다음에 시작해야 했다).

마케팅팀은 난감해했다. 사인본을 서점마다 일일이 관리해야 하는데 여간 번거로운 일이 아니다, 작가님이 사인하는 동안 책이 지저분해지면 독자 불만이 들어올 수 있다 등 우려의 말들이 쏟아졌다.

그럼에도 나는 그림을 그리는 작가님의 사인은 특별해서 모두 받고 싶어한다(소설가의 손글씨도 인기이지만, 만화가나 그림 에세이 작가님이 자신의 캐릭터를 그린 사인은 독자들이 더욱 원한다),

다른 출판사의 책도 얼마 전에 저자가 사인 작업을 SNS에 올리며 계속 관심을 끌었고 출간되자마자 2천 부 완판했다더라며 설득했다. 결국 오케이가 나고, 마케터들은 서점별로 사인본을 가져갈 부수를 확인했다. 합쳐보니 일단 1천 부. 나는 작가님께 전화했다.

"작가님, 하루에 몇 부 사인할 수 있을까요?"

작가님은 책이 나온 당일 출판사로 달려왔다. 책을 준비하면서 처음부터 끝까지 작가님의 열정은 대단했다. 책이 도착한 오후 4시부터 꼬박 여덟 시간 이상을 열심히 사인해주었다. 그리고 첫날 대박이 났다. 그날로부터 우리는 며칠을 꼬박 책에 둘러싸인 채 작업했다. 30부씩 묶인 밴딩 끈을 잘라 작가님 앞에 쌓아두면 작가님은 책을 펼치고 면지에 사인을 했다. 사인본 판매에 반응이 뜨거워 300부 주문이 추가되었다. 작가님은 노동요를 틀어놓고 사인을 하고, 나는 30부씩 다시 포장했다. 모든 작업이 다 끝난 날 나는 용달차를 불렀고 서점 창고로 직접 책을 실어 보냈다.

그 책의 결말은? 사람들은 작가님의 각기 다른 그림과 사인을 SNS에 경쟁하듯 자랑했고, 자연스럽게 화제가 되었다. 이 책은 그해 하반기 내내 베스트셀러가 되었고 수출도 되고 작가님은 꾸준히 책을 쓰고 있다(네, 여러분. 짐작하셨을지 모르지만 도대체 작가님의 『일단 오늘은 나한테 잘합시다』입니다).

이 책이 내가 아니면, 지금이 아니면 죽는다는 안타까움이 나를 움직이게 했다. 이 경험으로 내가 담당하는 원고, 내가 만든 책과 관련한 일이라면 책을 만드는 것 외의 업무들도 내 몫으로 받아들이게 되었다. 출간을 기다리고 있는 다음 책의 일정을 늦춰달라고 회사에 요청하며 살길을 찾기도 하면서 말이다.

어떤 책은 운이 좋아서 원고를 만나고 난 뒤 짧게는 두세 달 만에 독자들의 손에 쥐어지기도 하지만 어떤 책은 저자의 필력을 가늠하며 미팅을 하고, 기획 아이템을 잡아가고, 샘플 원고와 목차에 피드백하고, 원고를 완성하기까지 집필의 시간을 갖고, 교정교열과 디자인 작업 등을 모두 거치기까지 3~4년이라는 시간이 훌쩍 지날 때도 있다.

그런 과정을 오롯이 혼자 겪어내는 '담당 편집자'는 책이 나오자마자 누구의 관심도 받지 못하고 몇 달간 서점 서가에 꽂혀 있다가 고스란히 반품되는 일을 겪고 싶지 않다. 또한 편집자는 회사라는 조직에 속해 있는 한, 그리고 그 한 권의 책을 완성하기까지 들인 저자의 시간과 노력을 알고 있는 이상(편집자인 자신의 노고도 함께 들어간 이상), 어떻게든 손익분기를 넘기고 저자에게 이익으로 돌려주고 싶은 마음이 누구보다 간절한 사람이다.

그런 마음을 지키기 위해서 출판사는 편집자에게 책을 만드는 과정에 충분한 시간을 확보해줄 필요가 있다. 그 시간이 주어졌을 때의 책과 그러지 못한 때의 책은 만듦새가 얼마나 다르던가. 그리고 책이라는 완성된 상품을 가장 먼저 만나게 되는 마케터는 오래 품고 있었던 원고를 세상 밖으로 보내는 저자와 편집자의 마음을 헤아리고 책의 가치를 함께 찾으려 노력하는 사람이면 좋겠다. 회사 밖 사람들의 반응을 예단하는 마케터보다 회사 안 동료로서 저자에게 어떤 매력이 있어 편집자가 이 책을 만들게 되었을지, 책을 만들면서 고민했던 지점은 무엇이었을지 등을 먼저 살피는 마케터, 회사 밖의 사람들을 설득할 방법을 찾아주는 마케터와 함께 일할 수 있기를 편집자는 늘 기다린다.

편집자는 엉덩이로 일한다는 말을 신입 때부터 들어왔다. 반은 맞고 반은 틀린 말이다. 책상 앞을 떠나, 책을 내자 제안하러 저자를 만나야 하는 외근이 잦아지는 시기에는 봇짐 지고 물건을 팔러 다니는 보부상의 마음이 되기도 한다. 그럼에도 책이 나올 때까지 편집자는 한자리에 오래 앉아 차분히 원고를 들여다보는 시간을 필수적으로 확보해야 한다. 원고를 읽으며 이 원고만이 가진 뾰족한 콘셉트를 찾고 내용에 질서를 부여하고 밭에서 돌을 고르는 심정으로 오탈자 확인과 윤문 교정을 하는 고요한 시간 말이다.

이런저런 회의를 하고, 저자와 마케터와 디자이너와 저작권 담당자 등과 정신없이 논의하고, 업무 진행과 분담을 하고 돌아설 때면 나도 모르게 매우 간절해지는, 오롯이 텍스트와 나만이 남는 시간. 내가 뭘 하는 사람인지 비로소 명확해지는 그 시간이 때로는 편집자가 한숨을 돌리며 일의 기쁨을 느끼는 순간이다.

점심시간을 맞이하는
직장인의 자세

매일 출근하고 퇴근하는 일과 사이에 구분선 하나를 긋자면 점심시간이지 않을까? 15년 차 직장인으로서 그간, 못해도 3천 번이 넘는 점심시간을 보냈다. 그 시간 동안 나와 내 주변 사람들의 행동 양태를 관찰한 결과, 직장인이 점심시간을 대하는 방식을 대략 네 가지로 분류할 수 있을 것 같다.

1. 생존형
말 그대로 살기 위해 먹는 유형. 점심식사가 오후 업무를 처리하기 위한 에너지를 얻는 활동에 지나지 않는 사람들. 메뉴 선정에 의미를 두지 않으며 보통 빠르게 식사하고 다시 자리에 앉아 무언가에 열중하는 모습을 보인다.

2. 자기계발형

주로 운동을 하러 가거나 독서 모임, 어학 스터디를 하기도 한다. 특히 각종 디스크에 시달리는 편집자들은 대체로 필라테스나 요가를 하며 자신의 몸을 돌보는 데 시간을 투자한다. 평소에도 성실하고 부지런한 사람들의 선택으로, 매일 한 시간이 얼마나 소중한지 잘 느껴지는 예다.

3. 혼자 있고 싶어 형

'날 좀 내버려둘래'와 같은 분위기를 풍기며 혼밥을 즐기는 사람. 주로 업무가 과중할 때 점심시간만큼은 일에서 벗어나 있고 싶은 사람들이다. 자기 자신과의 오붓한 점심은 에너지를 모으는 시간이 된다.

4. 출근하는 미식가형

먹는 것에 존재의 의의를 두는 편. 맛있는 점심을 먹어야만 오늘 하루를 잘 살아낸 것 같은 뿌듯함을 느끼는 사람. 동네 맛집을 알려면 그 지역에 사는 로컬보다 그 지역의 직장인 SNS를 찾는 게 더 효과적이라는 게, 학계의 정설이다.

나는 어떤 유형일까(벌써 눈치챘으려나). 아침에 눈을 뜨고 회사에 가기 싫을 때면 자연스럽게 '오늘 뭐 먹을까'로 나를 달래고, 회사가 있는 역 출구를 나가기 전까지 메뉴를 정해버리는 사람. 업무 스케줄을 보다가 다음주에 고된 업무가 있다면 퐁당퐁당 점심 약속을 잡아두며 그때의 내가 잘 버틸 수 있도록 미리 기쁨을 준비해두는 사람. 수년간의 저자 미팅 등으로 합정, 망원 주변에 웬만한 맛집은 한식, 양식, 일식, 아시아식의 리스트로 전부 꿰고 있는 사람. 식당뿐 아니라 맛있는 커피가 있다는 카페들도 점찍어두었다가 기회가 될 때면 방문해보는 사람. 그런 카페들도 업무 미팅을 할 만한 분위기인지 아닌지 구분해두는 사람. 회사가 있는 망원역 근처에는 가게마다 주인의 스타일이 돋보이는 맛집이 많아서 매일 행복한 고민을 한다.

코로나가 일상이 되고 함께 식사하는 게 위험해진 까닭에 이전에 누렸던 점심시간이 나에게 어떤 의미였는지 새삼 깨달았다. 단순히 식사하는 시간만이 아니었다. 일 이야기 말고 화제가 되고 있는 뉴스, 내가 놓치고 있는 소식이나 동료의 소소한 삶의 변화 등 스몰토크를 하며 서로 이해할 수 있는 폭을 넓히는 매일의 작은 쉼표였다.

신입 시절에는 편집부 선배들이 모두 대단해 보였던 만큼, 편집자라면 점심시간에도 당연히 책 이야기를 할 줄 알았다(이런 오해, 저만 하는 거 아니죠). 점심시간에 주로 말문을 여는 편집장님이 연예인 애기만 해서 실망이라고 SBI 동기에게 투덜거린 적이 있다. 그리고 연차가 쌓이면서 나는 그때의 편집장님과 같은 사람이 되었다. 서로의 사생활을 캐지 않기 위해 제3의 주제는 꼭 필요했다. 팀원들과 식사할 때면 부담스럽지 않은 이야깃거리를 애서 찾는 사람이, 제일 많이 떠드는 사람이 팀장인 나였다. 나에 대해 이야기하지 않으려면 특별히 재밌게 보지 않아도 화제의 드라마 줄거리 정도는 읊을 줄 알아야 했다(물론 침묵을 견디지 못하는 자, 자신의 TMI를 쓸데없이 많이 방출하고는 뒤돌아 후회를 반복한다).

이전 직장의 주간님은 자신과 식사하지 않는 직원들에 대해 괘씸함을 토로한 적이 있었다. 나도 열심히 그를 피했는데 생각해보면 첫째, 공통의 대화 소재가 없으니 일 애기를 하기 일쑤고 둘째, 맛있는 걸 사주는 상사가 아니었으며 셋째, 오래 일하면서 업무상 부딪치는 일이 많으니 점심시간만이라도 피하고 싶었을 뿐이었다(이렇게 적고 보니 팀장이 된 나 또한 그러고 있지 않은지 잠시 벽을 보고 반성을……). 엄연히 법정 휴게시간인 점심시간까지 업무 진행 상황을 체크하거나, 업무에 도움이 된답시고 하는 잔소리 같은 말들은 삼키고 지갑을 여는 게 최선이겠다. 더불어 '휴게시간'인 만큼 그 시간을 어떻게 쓸지는 개인의 자유에 맡겨야 한다(점심 혼자 먹게 되었다고 투덜거리는 상사가 되지 말자).

코로나 상황인 요즘에는 식당에 가는 것조차 저어되어 주로 책상 앞에 앉아 모니터를 보며 도시락을 먹는다. 그럴 때면 식사가 아니라 마치 나라는 기계에 기름칠하는 것 같다. 시선은 모니터에 고정한 채 무의식적으로 꾸역꾸역 입에 넣다가 숨이 턱턱 막힐 때가 많다. 각자의 자리에서 아무 말 없이 도시락을 먹는 건 혼자 먹는 식사와는 또다를 수밖에 없더라.

그런 이유로 코로나 단계가 하향될 때면 부리나케 작가님들에게 연락을 돌린다. 잘 지내셨느냐고, 조만간 맛있는 거 먹으며 이야기를 나누자며 빈 스케줄 표를 채워나간다. 점심 미팅은 일과 이후의 저녁 미팅보다 한결 여유롭게 만날 수 있어 좋다. 이메일과 전화, 문자로는 전하기 어려웠던 이야기들을 얼굴을 마주하고 앉아서는 좀더 세세하게 나눌 수 있다. 식사를 함께하며 얼굴을 보고 대화를 나누는 건 서로가 원하는 방향을 명확하게 이해하는 시간뿐만 아니라 우리도 모르게 조금 더 꾸미지 않은 상태의 자신을 보이며 친밀함을 쌓는 순간이 된다.

아침에 눈을 뜨고 출근하기 싫을 때마다 마법의 문장을 되뇌어본다.

'오늘은 뭘 먹을까?'

맛있는 음식 앞에 앉기 위해 오전 업무 시간을 알차게 보내야지. 점심을 여유롭게 먹기 위해서는 오후의 일도 오전으로 조금 당겨서 할 필요도 있겠다. 먹는 일 앞에서는 얼마든지 부지런해져도 좋다.

머리 말고
팔다리를 움직여봐

조명이 최소한으로 켜진 어두컴컴한 실내에 사람들이 가득하다. 귓가를 울리는 신나는 스윙재즈. 문 하나를 열었을 뿐인데 1920년대 미국의 어느 재즈 바로 순간이동을 한 것 같다. 흐르는 음악의 리듬에 맞춰 자유자재로 춤을 추고 있는 사람들. 그저 바라보는 것만으로도 그들의 넘쳐나는 흥이 나의 온몸으로 전해져 발끝까지 짜릿했다. 새로운 취미를 찾고 있었던 스물여덟의 나는 그 순간 스윙댄스와 사랑에 빠졌다.

어느 토요일 오후 지하 스튜디오에서 열린 수업은 내게 신세계였다. 동호회의 시범 공연을 보고 박수와 탄성이 나왔다. 나도 저렇게 음악에 맞춰 자유롭게 몸을 움직일 수 있을까. 아무리 기분이 좋아도, 누구 하나 보는 사람이 없어도 흥에 겨워 몸을 흔들어본 적 없는 나였다. 그런 내 우려와는 달리, 수업은 어색할 새 없이 진행되었다. 선생님의 안내로 팔로어(주로 여성)가 안쪽으로 둥글게 원을 그리고 서니, 바깥쪽으로 리더(주로 남성)들이 둥글게 섰다. 그리고 선생님이 한 동작을 설명하며 보여주면 파트너와 함께 따라 했다. "파트너 체인지"라는 선생님의 외침이 들리면 서로 공손히 인사를 했고 리더가 오른쪽으로 이동했다.

짧게는 10초 길게는 1분 정도로, 파트너는 수업 시간 내내 계속 바뀌었다. 스윙을 추기 위해 한 번 손을 잡았을 뿐인데 낯설었던 얼굴이 아는 얼굴이 되고, 친해지는 데까지 오래 걸리지 않았다. 사회에 나온 뒤로 이렇게 다양한 사람들과 '아는 사이'가 되는 건 큰 기쁨이었다. 댄스장 바깥에서 하루종일 시달린 수많은 '말'은 몸을 움직이는 세계에서는 불필요했다. 눈빛 하나로 그저 춤을 같이 추면 그만이었다. 스텝을 밟다보면 어느새 한 곡의 안무를 완성하게 되었고 약 2주간 퇴근과 동시에 연습실로 달려가 맹연습을 했다. 그렇게 준비한 정규 공연을 마치고 나면 뿌듯함이 발바닥에서 머리끝까지 치솟았다.

평일에는 '제너럴*'이 열리는 바를 찾아 홍대로, 강남으로 열심히 달려갔다. 처음 본 사람들과 손을 잡고 춤을 출 수 있다는 게 놀라웠다. 무엇보다 퇴근 전까지 받았던 스트레스를 곱씹을 겨를이 없었다. 뭐가 그렇게 진지했느냐고, 해결되지 않은 일은 내일 다시 시작하면 되니까 지금은 스텝에 집중하자고 스스로를 다독일 수 있었다. 일과 관계없는 사람들을 만나면서 자신이 하는 일에 따라 세상을 보는 눈이 얼마나 다를 수 있는지 보는 것도 신기했다. 내가 몸담고 있는 세계가 전부는 아니라는, 그 당연한 걸 인정하고 나니 혼자 끌어안고 있던 문제들이 바람 빠진 풍선처럼 자연스레 쪼그라들었다.

책 만드는 일을 한다고 하면 신기해하고 추켜세우는 사람들, 정적인 출판인들과 달리 에너지가 폭발하는 사람들을 만나는 게 신선했다. 한없이 유쾌한 사람들 앞에서 함박웃음을 지으며 땀이 나는 줄도 모르고 춤을 추다보면 두세 시간은 훌쩍 지나 있었다. 12시 종이 울리면 화들짝 놀라 집으로 돌아가야 했던 신데렐라의 기분이 이랬을까. 몸을 움직이는 게 이토록 재밌을 줄이야. 스윙댄스는 스텝만 밟아도 즐길 수 있는 춤이어서, 파트너의 리드에 맞춰 팔로어는 아무 생각 없이 몸을 맡겨도 되는

---

* 실력이나 동호회 소속과 상관없이 누구나 입장료를 내고 입장할 수 있는 댄스파티.

춤이어서 더 좋았다. 업무 시간 내내 굳어 있는 몸과 마음을 훌훌 털어버리기 딱 좋았다.

직장을 옮기고 홍대 앞에서 일산으로 이사를 한 뒤 스윙댄스와 점차 멀어졌다. 대신 새로 몰두할 무언가가 필요했는데, 마침 고양시에 적절한 곳이 하나 있었다. 바로 고양체육관 수영장. 어깨 목, 허리가 아프니 운동을 해야겠다 말하면 주변에서 너도나도 "고양체육관 수영장이 괜찮은데, 가봐"라고 추천해주었다. 수영이라면 물에 대한 두려움으로 선생님의 가르침에 보답하지 못한 전력이 있었다. 이번에는 할 수 있을까, 살부터 빼고 가야 하지 않을까, 이런저런 고민에 빠진 나에게 "일단 물속에 들어가는 것만으로도 기분이 좋다"는 직장 동료 Y 언니의 말은 강력한 한 방이었다. 그날로 냉큼 등록을 마쳤다.

드디어 첫 수업 날. 무릎을 적시며 어색한 눈빛을 주고받던 사람들이 쭈뼛쭈뼛 선생님 앞으로 모였다. 일단 한 바퀴 물속을 걷고 오라는 말에 괜히 양팔로 물을 크게 휘저으며 앞으로 걸었다. 물의 부드러운 감촉을 느끼며 걷고 있으려니 긴장으로 굳었던 마음이 조금 물렁해졌다. 선생님의 설명을 귀기울여 듣고 킥판을 이용해 첨벙첨벙 발차기를 배웠던 날, 음파음파 호흡을 배우고 킥판 없이 물속을 나아갔던 날, 연습용 풀을 벗어나 일반

풀로 이동해 처음으로 아득한 50미터 레인을 마주한 날(나에게 도 한 번에 끝까지 가는 날이 올까 막막한 기분이었다), 평영 발차기에 좌절하며 직장 수영 선배 W에게 회의실 책상 위에 누워 자세 교정을 받았던 날, 어느새 접영까지 배우고 오리발을 끼고 신나서 질주하던 날, 무엇보다 수영장 바깥의 세상과 완벽하게 끊어진 채 물속의 고요를 감각하던 날들⋯⋯.

종일 일을 해도 좀처럼 업무량이 줄지 않아 기력 없이 수영장에 도착한 날에는 좀더 힘차게 발차기에 집중했고 물 밖으로 나올 때면 탈탈 털린 스트레스에 마음이 후련했다. 매일 조금씩 하다보니 50미터 레인쯤이야 쉽게 왕복할 수 있었고, 어느덧 몇 바퀴씩 돌 수 있게 되었다. 머릿속으로 순서를 그리며 하던 동작들이 의식하지 않아도 자동으로 팔다리와 연결되었다. 꾸준히 수영을 배우며 내게 가장 자연스러운 리듬을 찾아낸 것처럼, 회사에서의 일이나 조직에서의 나도 마찬가지였다. 익숙하지 않았던 일이 매일 그냥 하다보면 길이 보인다는 것, 다른 사람들의 요령이 나에게 꼭 맞는 건 아니라는 것, 고민하고 노력하다보면 내게 맞는 일의 리듬을 익힐 수 있었다.

그리고 새롭게 알았다. 세상과 언제든지 연결되어 있는 상태는 그 자체로도 적잖은 스트레스였다는 걸. 하루에 두 시간 정도 모든 연결을 끊은 채 물속에 있는 시간은, 지금 여기 나에게 집중하기 위한 휴식이 되었다.

어쩌다 구름 없이 새파란 하늘을 볼 때면 수영장의 물빛을 떠올린다. 체육관 수영장 물속에서 만난 친구들과 매일 저녁 줄지어 라인을 돌며 수영하던 코로나 이전의 그 시간들이 돌이켜 보니 무척 소중했다.

회사 안에서 해내야만 하는 일에 몰두하다보면 작은 것에도 예민해지기 쉽다. 점점 회사 밖의 나, 일로 설명되지 않는 나를 상상하기 어려워진다. 계속해서 회사를 잘 다니기 위한 에너지는 누가 주는 것이 아니다. 스스로 만들어야 하는데 나는 주로 바깥에서 몸을 움직이며 길어온다. 그 기운을 동료들에게 나눠준다.

무언가 일이 잘 풀리지 않는다고 생각될 때, 일과 전혀 상관없는 딴짓을 찾아보시길. 그중 몸을 움직이는 건 마음까지도 환기되는 일이니 일석이조다. 딴짓의 즐거움은 촉촉한 단비처럼 본업에 더 집중하고 잘할 수 있는 힘이 되어준다. 그 덕분에 나는 한 시절들마다 무사히 넘어왔다.

2부

꾸준히
좋아하는
마음의 세계

덕질이
나의 직업이라고요

퇴근 시간을 기다렸다. 엊그제 '김하나 작가와의 만남' 당첨 문자를 받았기 때문이다. 김민철 작가님의 진행으로 『말하기를 말하기』 출간 기념 북토크가 열린다는 소식에 뽑아달라는 간절한 신청 댓글을 달았다.

행사장이 회사에서 멀지 않은 곳이기에 선선히 걸었다. 입추가 지나고 온도가 달라진 바람에 기분이 좋다. 아니다, 바람만이 이유는 아니다. 내가 좋아하는 두 작가님을 만나러 가는 길이라 설렌다. 두 분이 오래 알고 지낸 만큼 책에 담기지 않은 이야기들을 들을 수 있을 거라는 기대감에 발걸음이 무척 가볍다.

행사장은 출판사들이 종종 북토크를 여는 곳이었다. 소극장 분위기에 100석 규모인데 코로나로 인해 거리를 지키며 한 좌석씩 비워두니 대략 45~50석이 되었다. 무대 뒤로 스크린을 띄울 수 있어 현수막을 제작하는 대신 이미지 한 장으로 대체하면 되고, 의자와 테이블만 두는 심플한 구성이 가능하다. 조명과 음향 담당 직원이 한 분 있구나. 출판사에서는 마케터 두 분, 대표님 한 분이 진행하러 나왔네. 다음에 담당 책의 행사를 기획하게 될지도 모르니 나도 모르게 매의 눈으로 체크하다가 '그만 일해'라는 내적 외침을 들었다.

좌석을 한 칸씩 띄우고 앞뒤로 사이사이로 앉을 수 있도록 한 주최측의 좌석 배치는 어디서도 작가님들이 잘 보여 만족스러웠다. 도착한 순서대로 안쪽 자리부터 차례로 앉도록 안내하니 독자들의 입장도 순조롭고 빨랐다. 고정 팬층이 있는 작가님의 행사는 이렇게 해야 대부분 불만을 갖지 않는다(한편 전에 마케터들의 반대에도 불구하고 두 시간 전부터 와 기다리던 사람들을 배려하고자 선착순으로 원하는 좌석을 고르게 했던 나의 진행 방식을 떠올렸다. 일찍 왔는데 가장자리로 배치되는 억울함을 피하고자 했던 것인데 '선택'을 앞두고 한 분당 적게는 5초 오래는 1분씩 걸리는 바람에 입장을 지체시켰다. 진행요원인 나의 정신없음도 더해졌고. 다시는 고집부리지 않겠습니다).

두 작가님이 입장하기 전, 앉아 있는 독자들을 둘러본다. 마스크를 써서 잘 보이지 않지만 성비는 남성 세 명 빼고 모두 여성. 나이대는 대략 25~40쯤. 코로나 시대에 행사에 오는 사람들은 여간 적극적인 독자들이 아니다. 기획안을 쓸 때마다 책의 핵심 독자층을 쓰는데, 내 눈앞에 『말하기를 말하기』 핵심 독자층이 앉아 있다. 제가 자주 상상하는 여러분들이군요. 빙그레 미소가 지어지는데 마스크를 써서 다행이다.

드디어 사회자 김민철 작가님과 주인공 김하나 작가님이 등장. 늘 그렇듯이 귀여우시다(꺅! 언니~ 여기 봐주세요!!! 제가 왔어요~!). 광고회사 선후배 사이로 만나 지금은 한 아파트 옆 라인에 산다는 두 분 사이에 놓인 시간이 스르륵 열리며 즐거운 추억들이 쏟아진다. 친밀하고 다정한 두 분의 기운이 객석에 앉아 있는 독자들에게까지 자연스럽게 전달된다. 최고의 조합이 아닐 수 없다.

업무로 지친 하루의 피로가 순식간에 증발해버리는 즐거움! 한 시간 반이 찰나처럼 지났고 사인을 받으려 줄을 서는 사람들 사이를 헤치고 밖으로 나왔다. 오늘 온 분들의 리뷰는 SNS에 올라오겠지. 한 공간에 함께 있었던 사람들의 감상이 벌써부터 궁금해진다.

편집자가 되고 나서 좋은 점 중 하나가 책을 읽고 너무 좋다고 생각하면 작가에게 만남을 제안할 수 있고 실제로 만날 수 있다는 것이었다. 어떻게 기획해야 하는지, 작가님과 인연이 닿으려면 대체 어디서 시작되어야 하는지 알 수 없을 때 책을 읽고 마음을 다해 메일을 쓰는 것부터 시작했다. 회신을 받을 수 있을지 모르겠지만 일단 나의 마음을 전달하는 단계다. 아니면 보통의 독자들처럼 이렇게 모두에게 열린 행사가 있을 때 평범한 독자인 척(실제로 평범한 독자 맞다) 먼저 작가님을 뵙고 어떤 분인지 힌트를 좀더 얻고 메일을 쓴다. 그때 그 행사에 저도 거기 있었어요, 라는 말로 내가 관심을 갖고 있음이 더욱 분명하게 표현되니까.

좋아하는 걸 꾸준히 하다보면 인생은 뜻밖의 기회를 물어다준다. 대학 입학하고 얼마 지나지 않은 어느 날, 교양 수업 교수님이 말씀하셨다. 스무 살에는 무엇이든 시작해보기 좋으니 오늘부터 무엇을 모을 것인지 생각해보라고. 지금부터 10년만 꾸준히 모아보면 자신에게 틀림없이 큰 자산이 되어 있을 거라고. 돌이켜보면 돈과 관련된 자산이었으면 더 좋았을 말인데, 당시 나는 무엇을 모아야 할지 모른 채 일단 교내 서점으로 달려갔고 그곳에서 월간지 〈페이퍼〉를 만났다. 2002년 4월호부터 읽기 시작해 계간지로 발행 횟수를 줄이기 전까지, 매달 서점에 가서 안고 돌아오는 게 소소한 기쁨이었다. 잡지 창간 멤버였던 김원 두령님, 황경신 편집장님의 시절을 샅샅이 지켜보고 애독했다. 지방에 살았기에 서울의 홍대를 중심으로 한 인디문화도 〈페이퍼〉를 통해 만날 수 있었고 대중 미디어에서 다루지 않는 영화와 음악, 책 등을 두루 소개받을 수 있었다.

이 꾸준한 애정은 김양수 작가님의 만화 『시우는 행복해』부터 김원 두령님이 매달 연재한 코너 〈이달에 쓰는 편지〉 등을 엮은 『좋은 건 사라지지 않아요』, 〈페이퍼〉의 기자였던 김신지 작가님의 에세이 『좋아하는 걸 좋아하는 게 취미』, 그리고 고등학교 시절 이 잡지에 만화를 연재했던 이랑 작가님의 소설집 『오리 이름 정하기』를 출간할 수 있는 인연으로 이어졌다.

> 이따금 제 인생이 신기하게 느껴질 때가 있습니다. 마음을 다해 좋아했을 뿐인데, 그것들이 지금 제가 발 딛고 서 있는 세계를 가득 채우고 있으니까요.
>
> _『좋아하는 마음이 우릴 구할 거야 ♥』, 정지혜, 휴머니스트

기획을 어디서부터 어떻게 시작해야 할지 모르는 분들에게 나는 늘 자신이 좋아하는 것에서부터 시작해보라고 한다. 편집

자는 "혹시 책 한번 써보시겠어요?"라는, 의외로 누구라도 혹할 만한 제안을 마음껏 던질 수 있다. 편집자이기에 내가 좋아하는 분에게 편집자로서 관심과 환심을 살 만한 열쇠를 이미 쥐고 있는 것이다. 그리고 좋아하는 것을 열심히 했을 뿐인데 내 세계는 점점 넓어진다. 좋아하는 것을 열심히 좋아하라고 세상이 등을 밀어주는, 덕업일치가 가능한 편집자라는 직업만큼 좋은 직업이 또 있을까.

그때는 몰랐고
지금은 아는 '일'

첫 출판사에 입사했을 당시, 편집장님과 나는 열 살 정도 차이가 났고 그 아래로 세 명의 선배들이 모두 70년대생이었다. 바로 옆자리에 앉은 5년 차 선배는 편집장님이 주는 어떤 업무도 척척 해냈고 그 모습에서 범접할 수 없는 포스를 느꼈다(선배님, 잘 지내시죠?).

편집장님은 세대 차를 두려워하면서도 은근히 취향이 잘 통하는 신입사원에게 많은 걸 가르쳐주었다. 계약서 작성과 관리, 외서를 출간하는 출판사의 주거래처인 에이전시 미팅 및 외서 검토, 번역가 섭외 및 진행, 교정교열, 일정 관리 등……. 특히 모든 에이전시 미팅에 나를 데려가 일일이 인사를 시켜주고 미팅에 참여하게 했다. 지금 돌이켜보아도 참 감사하다.

에이전시와 출판사는 일하면서 메일로, 전화로 충분히 소통하기에 굳이 얼굴을 마주하지 않아도 된다는 걸 첫 회사를 나오고서 알았다. 그럼에도 늘 모닝 조수석에 신입인 나를 태우고 파주에서 강남까지, 두 시간 남짓 오가는 외근 길을 다니며 무엇이든 하나라도 더 알려주려 하셨던 편집장님의 배려가 크게 다가온다(시간이 훌쩍 지난 뒤에야 깨닫는 내리사랑. 훌쩍).

에이전시 담당자들이 어떤 분위기의 사무실에서 일하는지 직접 보니, 같은 업계에서 함께 일을 하는 사람들에 대한 이해도가 높아지는 계기가 되었다. 또 에이전시와 긴밀하게 관계를 유지하면서 다른 출판사보다 한발 먼저 소개받는 타이틀도 많았다. 미팅을 마치고 며칠 후면 상자 가득히 검토서가 택배로 도착하곤 했다. 이제는 전자원고가 그 무게를 대신하며 많이 사라진 풍경이지만 말이다.

교정교열과 이메일 업무에 엄격했던 또다른 편집장님의 얼굴도 스쳐 지나간다. 원고를 꼼꼼히 들여다보고 문장 구조를 바로 잡고 오역을 없애는 일에 대해 엄격했던 선배들 덕분에 교정지 앞에서는 한없이 신중하고 차분한 태도를 배웠다. 신입 시절에는 내가 3교까지 본 원고가 편집장님 책상 옆을 차지하고 내려올 줄 모르는 날들이 너무 두려웠다. 아직 턱없이 부족한가보다, 눈치를 살피며 내 이름을 불러주기만 기다리던 시간. 편집장님에게는 이 부족한 신입을 어떻게 가르쳐야 할지 난감해했을 시간이었겠지. 그럼에도 말보다 펜으로, 손글씨로 따끔하게 가르쳐주던 편집장님의 필체가 눈앞에 선하다(이렇게 떠올려보니 저는 선배 노릇을 제대로 하기에는 아직 많이 부족하네요).

메일 쓰는 법도 배웠다. 일의 세계에서 이메일 작성은 말보다 정확하고 기록에 남는 중요한 업무였다. 작업을 의뢰하고 일정, 작업료 등을 조율하는 모든 일이 그 안에서 벌어지니까. 때로는 무엇을 놓쳤는지도 모르는 내가 실수를 할 때마다 번역가님과 작가님과 외주자분들은 너그러이 받아주시고 일에 능숙해질 때까지 기다려주셨을 것이다. 그 시절에는 미팅 때마다 긴장한 상태여서 돌아서기만 해도 내가 무슨 말을 했는지 전혀 기억나지 않았지만, 내 앞에 있던 분들의 미소는 선명하게 남아 있었다.

책 한 권 만드는 데는 알면 알수록 참 많은 사람들의 수고가 들어갔다. 출판 에이전시, 번역가 그림 작가, 외주 교정자, 디자이너, 제작 담당자, 인쇄소 기장님, 물류 담당자 등. 파는 일까지 더하면 책이 독자의 손에 쥐어지기까지 얼마나 많은 손을 거치는지. 책 한 권에 이토록 많은 이들의 노동값이 더해져 있는데, 새삼 책값이 싸다. 한 분씩 얼굴을 뵙고 잠시나마 일을 같이하고 다음을 기약하며 인사를 나누는 각각의 과정. 그런 손들을 거쳐서 책을 한 권씩 만들었다.

서른이 되어 세번째 직장에서는 인생 선배를 만났다. 다정함이 선배의 가장 큰 무기였다. 일에서도, 일상에서도 배려가 온몸에서 뿜어져나왔다. 선배에게서 한 권의 책만을 목표로 하는 저자 관리가 아니라 실제 애정을 담아 작가를 만나는 법을 배웠다. 그리고 편집자로서 지켜야만 하는 '일정 관리'를 제대로 배웠다.

수많은 사람의 수고가 담긴 책은 말하자면 매달 론칭되는 신상품이다. 영업 담당자는 서점에 이달 출간할 책을 미리 홍보하고 광고를 잡거나 매출을 계획한다. 그러니 계획대로 책이 나와야 한다. 그런데 책을 만드는 세계는 매일이 변수다. 예정대로 원고가 들어오지 않는 건 다반사이고 이번주에는 초교를 끝내기로 했는데 예상외로 시간이 오래 걸리거나 저자 원고 검토 일정이 늦어지거나, 외주자 일정이 하루 늦게 가능하다거나……. 그러다 책이 다음달 출간으로 변경되면 이달의 매출은 그만큼 마이너스다.

이럴 때 편집자는? 자신의 일정을 무리해서 출간 일정을 맞추기 일쑤다. 나흘은 필요했던 업무 시간을 사흘로 줄이고, 주말에 자신이 일을 하고 월요일이 되자마자 디자이너에게 수정을 맡기고, 마감 일정에 대해 저자, 역자, 외주자, 디자이너에게 수시로 알리고.

책 한 권을 담당해도 일정 관리에 능숙해지기까지 꽤 오랜 시간이 걸린다. 그런데 선배는 담당하는 책은 물론 후배들 책까지 두루 살피며 일정을 관리했다. 자신의 일정과 달리, 팀원들이 무리하지 않도록 일정을 조율해주기도 했다. 이런 배려는 함께 일하는 사람들에게 모두 전달되었으니, 이제 와 돌이켜보면 선배는 일에 치이며 혼자 힘들지 않았을까 싶다(그때의 내가 그 무게를 좀 덜어준 후배였다면 좋겠습니다. 흑흑).

세상 모든 책이 일정대로 나올 수 있다면 좋으련만 책을 만드는 동안 변수는 여기저기서 튀어나오고 마감일은 여러 번 뒤집힌다. 내가 통제할 수 없는, 함께 일하는 사람들의 사정에 따라 일정은 변동되기 마련인 것을, 할 수 있는 데까지 최선을 다했다면 이제는 자책하기보다 책의 운명을 믿기로 한다. 책이 세상에 태어나는 운명의 날짜라는 건 책이 자신의 의지로 정하는 것일 뿐이라고. 안 그래도 '담당 편집자'라는 이름으로 이런저런 과정의 모든 책임을 버겁게 어깨 위에 올려놓고 시간과 싸우고 있을 편집자에게 이 정도의 배짱은 가끔 필요하다.

어느새 팀원 네 명과 함께 일하고 있는 나의 메신저는 쉴 틈이 없다. 각기 다른 프로젝트에 대해 업무를 상세히 파악하고 일정을 체크해주고 막힌 부분이나 어려움이 있다면 돌파할 해결책을 제시해주느라, 머리에 쥐가 날 것 같은 상황도 수시로 마주한다. 그럼에도 팀원들이 헤매는 부분을 세심히 살펴주려고 노력하는 건 지금까지 내가 받아온 선배들의 가르침 덕분이다. 나는 어떤 팀장으로, 선배로 저들에게 기억될 수 있을까. 좋은 사람으로 남고 싶은 욕심은 버리고, 일하는 방식을 조금이라도 더 효율적으로, 더 나은 방향으로 이끌어준 팀장이 될 수 있다면 좋겠다.

상대를 위하는 마음의 여유는 나 스스로 만들어야 한다는 걸, 후배 시절에는 전혀 몰랐다. 나를 이끌어준 선배들에게 뒤늦은 고마움이 밀려오는 요즘이다.

아무도 알아주지 않아도
재미있다

　오랜만에 국내 소설을 마감했다. 연휴가 시작되기 전 인쇄 감리까지 마치고자 지난 2주간은 또 정신없이 바빴다. 다른 책과 동시 진행이어서 3교까지는 외주 선생님께 맡겨두었다가 크로스교, OK교 두 번을 보았다. 마지막까지 작가님과 열심히 상의하고, 최종 수정을 마치고, 인쇄!

　무리 없이 마감을 잘 해내는 것 같아 보여도, 실은 마감 때마다 매번 고비다. 이번에는 뇌에 물이 넘실대는 듯 어지럼증이 좀 일었다. 병원에 가야 할지 심각하게 고민해봤지만, 연휴 때

죽은듯이 열다섯 시간을 자고 일어나니 말끔해졌다. 뒷목에서 뒤통수로 이어지는 부분이 볼록하게 튀어나오고 열이 났는데 쏙 들어갔다(마사지 받으러 가면 안마사가 뒤통수에다 팔 바깥쪽을 대고 빨래 비비듯이 박박 비벼주는데 아찔하게 아프면서도 끝나면 날아갈 듯 가벼워진다). 정말 놀라운 인체의 신비. 그만큼 마감이 주는 심리적, 육체적 스트레스에 몸은 정직하게 반응하는 걸 느낀다.

이번 소설 작업은 기획회의를 통해 새로운 색을 가진 소설을 찾아보자는 이야기가 오간 그날부터 시작되었다. 이미 문학책을 잘 출간하고 있는 출판사는 있고, 우리는 주독자의 연령층이 보다 낮고 영상 등 다른 매체로 접근하기 쉬운, 그러니까 OSMU* 작품을 찾아보자는 이야기였다. 아무튼 새로운 라인업이 필요한 회사이다보니 시리즈 기획으로 차차 생각해보자고 했던 그날, 나는 인스타그램 메시지 하나를 받았다. 정미진 작가님으로부터.

"엣눈북스에서는 그림책만 내고, 제 소설은 다른 출판사에서 내볼까 해서요. 부족한 글이지만 한번 봐주시면 좋겠습니다."

---

* One Source Multi Use, 하나의 소재를 서로 다른 장르에 적용하여 파급 효과를 노리는 마케팅 전략. 모든 출판사 대표님이 좋아하는 마법의 단어. 10년째 듣고 있다.

나는 순간 소름이 돋았다. 막 퇴근해서 아파트 단지에 들어서던 길이었다. 정미진 작가님의 전작 『누구나 다 아는, 아무도 모르는』이 인상적이었기에, 당시 북토크에도 참석하고 작가님과 인사를 나눈 적 있었다. 엣눈북스 출판사를 운영하면서 작품도 활발히 쓰고 있는 작가님을 SNS를 통해 지켜보던 중이었다. 안 그래도 어떤 작품을 찾아야 할지 오늘부터 고민해보려 했는데 이렇게 때마침 귀한 원고를 준다는 연락이 올 줄이야. 누군가 모든 걸 지켜보고 있었던 것처럼 다가온 운명이었다.

그다음날, 작가님의 원고를 받자마자 팀에 공유하며 검토 후 다음 기획회의 때 이야기하자고 했다. 그리고 소설 원고를 열어보았는데 앗, 그간 보여주셨던 스릴러 장르가 아니다. 짐작과 달라 조금 당황했던 것도 잠시, 생애 첫 해외여행을 떠나는 사람들이 등장하고 각기 다른 이국의 도시에서 다양한 일을 겪는데…… 무척 재밌다. 출간할 만하다. 좋은 원고를 읽고 나서 한껏 부풀어오르다 두려움이 엄습한다. 나만 재밌으면 어쩌지. 어른을 위한 그림책 작가로는 인지도를 높였지만 소설 분야에서는 아직 낯선 작가님인 만큼 나는 원고에서 출간해야 할 이유, 이 원고만의 강점은 무엇인지 필사적으로 찾아야 했다. 그렇게 준비한 회의의 결론은? 대성공. 만장일치로 출간하자는 의견이 나왔고, 대표님 컨펌까지 빠르게 완료되었다.

팀원들의 피드백을 모은 뒤, 담당 편집자인 나의 판단을 거쳐 작가님께 퇴고 의견을 최종적으로 드렸다. 퇴고 의견은 늘 조심스럽다. 작품에 대한 애정은 그 누구보다 작가님 본인이 가장 깊고 넓다. 그럼에도 독자들을 만나기 전, 꼭 거쳐야 하는 시간. 퇴고의 산은 거칠고 험난하기만 하여 자칫 작가님의 의욕을 꺾기 쉬우니("제가 왜 이렇게 형편없는 원고를 쓴 걸까요" 하고 낙담하는 작가님의 모습은 상상조차 하기 싫다), 제3자의 눈으로 작품이 잘되길 바라는 마음을 담아 조심스레 건넨다. 편집자의 의견이 정답도 아니어서 무조건 따라야 하는 건 아니다. 다만 독자들이 가질 만한 비판의 지점을 출간 이전에 충분히 해소해보자는 의도를 담아, 작품 속에 푹 빠져 있는 작가님 눈에는 잘 보이지 않을 부분들을 콕콕 짚어준다.

　국내 소설을 마지막으로 작업한 것이 1년 전, 이랑 작가님의 『오리 이름 정하기』였다. 그때 이후로 오랜만에 소설 교정을 보면서 예전의 감각이 되살아났다. 그보다도 더 이전에는 국내문학팀에 입사한 후 소설 원고를 처음 마주했던 순간. 나의 선생님은 소설 전문 외주 프리랜서 편집자와 팀장님이었다. 꼭 수정해야 할 부분과 제시할 의견을 어떻게 표시하는지, 대조를 보면서 문장 수정을 어떻게 했는지, 내용상 어떤 지점을 고민해야 하는지 이미 교정이 완료된 교정지를 살피며 배웠다.

소설가는 문장 하나를, 단어 하나를 허투루 쓰지 않는다. 소설을 쓰면서 몇 번이고 보고 또 보았기 때문에, 자신의 문장이 아닌 것은 한눈에 낯설게 보인다. 상의 없이 편집자가 함부로 수정했다고 느껴지면 협업은 어그러지기 마련이다. 그래서 다른 분야의 책보다 교정교열을 좀더 세심하고 신중하게 한다. 수정 하나에도 그 이유가 있다고 설명을 달아둔다. 그럼에도 최종 판단은 작가님의 몫이기에 편집자의 수정 표시는 하나의 의견임을 분명히 밝힌다. 선택지는 다양하게 드리면서 최종 판단을 좀더 나은 쪽으로 하도록 돕는 것, 그런 자세는 문학 작품을 편집하는 데 어울린다.

문학 편집자 시절, 사전을 만드는 경력이 오래된 편찬위원을 뵌 적이 있었다. 그분은 그해에 출간되는 소설을 가지고 어휘 수집을 한다고 했다. 그 순간 머리가 띵 하고 울렸다. 내가 만들고 있는 책에 '한글'의 의미를 퇴색시키거나 오용하는 사례가 없었을지 순간 마음이 덜컥했다. 그후로 특히나 소설의 경우, 작가님이 쓴 단어가 표준국어대사전(국립국어원) 속뜻과 일치하는지, 더 명확한 표현으로 대체할 만한 단어가 있는지 등 사전적 정의를 일차적으로 확인한다. 우리가 흔히 쓰는 말이 틀린 말이라 표기법대로 쓴 단어가 어색할 때도 있다. 바른말을 써서 후대에 알리는 것, 있는 단어를 굳이 사어^{死語}로 만들지 않는 것도 편집자의 작은 책임이다.

국내문학의 경우에도 기획이 필요한지 질문을 받은 적 있다. 앞서 이야기한 정미진 작가님의 경우처럼 소설은 이미 원고가 완성된 상태로 편집자에게 전달되는 경우가 대부분이어서 국내문학 분야에서는 숙련된 교정교열 편집자만 필요한 것 아닌가 오해할 수도 있다. 물론 그 부분도 편집자가 하는 고난도 작업이다.

한편으로는 초고의 완성도를 높이고자 작품을 읽고 개연성이나 구성, 독자가 읽고 난 후에 조금이라도 갸웃거리지 않게끔 미리 질문을 던지는 역할을 하는 것도 기획이다. 원고 파악을 위해서는 비전공자라 할지라도 평소 문학 분야를 많이 읽고 또 작품 해설도 읽어두는 편이 많은 도움이 된다. 또 원고를 읽고 난 이후, 문학 독자 중에서도 어떤 관심사를 둔 독자에게 매력적으로 다가갈 것인가 하는 고민에서 시작해 책의 콘셉트를 정하고 카피 작성부터 작품의 분위기를 담은 디자인 의뢰도 편집자가 하는 기획의 영역이다.

이번 정미진 작가님의 소설은 이국적인 도시의 풍경들 속 주인공이 있는 결정적 장면을 본문 삽화로, 표지는 생애 첫 해외여행을 출발하는 공간이자 마지막 이야기 주인공의 직장인 공항으로 배경을 잡고 싶었다. 그렇게 콘셉트를 잡다보니 소설의 제목에도 해외여행이 쉽지 않은 이 시기의 독자들이 대리만족 겸 여행의 감각을 되살릴 수 있게, 낯선 곳을 헤매며 느꼈던 해방감과 자유로움과 설렘을 담고 싶었다. 제목은 고민 끝에 가장 설렐 만한 느낌으로 공항에서 듣는 안내 방송의 멘트에서 힌트를 얻어 『탑승을 시작하겠습니다』가 되었다. 작가님과 의논해 늘 환상적인 그림을 보여주는 최지욱 작가님을 섭외했고 작업을 마쳐 드디어 한 권의 책으로 나오게 되었을 때, 프라하에 계신 작가님과 서울에 있는 나는 랜선으로 부둥켜안고 눈물을 흘렸다.

일의 목표가 만족스러운 책을 내는 것에만 있지는 않다. 다만 결과를 장담할 수 없는 일의 세계에서, 내가 할 수 있는 일은 매번 거쳐야만 하는 과정에서 서로가 뿌듯함을 느낄 수 있는 단단한 디딤돌을 하나씩 놓아가는 것이다. 이야기가 탄생하기까지의 시간, 원고가 완성되는 시간, 모든 문장을 세세히 살피고 작가님과 과정마다 의견을 나누는 등 책 한 권이 나오기까지 쌓이는 시간 속에서 즐거움을 오래오래 누리는 것. 더불어 이 이야기가 꼭 필요한 독자를 상상하고 찾는 데 게을리하지 않는 것. 나아갈 길이 보이지 않아 어렵더라도 오랜 시간 들여다보며 이번이 아니면 다음번에라도 조금 더 나아갈 수 있도록 애써 고민하기로 한다. 아무도 알아주지 않아도 정성을 들이는 긴 시간이야말로 내 인생임을 잊지 않기로 다짐하며.

마음을 쓰고 또 써야
만져지는 책 한 권

.

편집자 동료들을 관찰해보면 공통점이 있다.

성실하고 책임감이 강하다.

'성실하다'는 말은 책상 앞에 앉아 활자를 보고 또 보면서 문장과 단어 사이에서 저자의 뜻을 가늠하며 보다 적확한 언어를 찾아주는 데 게으르지 않다는 뜻이다. 일정 기간 교정을 반복해서 보는 일은 웬만한 인내심으로도 어렵고 힘든데도 보통의 편집자들은 자신과 교정지, 둘만 남는 시간을 기다린다. 말의 세계에서 벗어나 언어의 세계, 글의 세계에 몰두하는 그 시간의 맛을 아는 사람들. 이미 알고 있는 단어도 다시 한번 검색해보는 수고로움을 마다하지 않는 사람들(표준국어대사전 검색창이 생기기 이전에 종이 사전으로 교정을 보았을, 앞선 시대의 선배님들의 땀과 눈물에 박수를). 말없이 몇 시간이고 끈질기게 앉아 한 땀 한 땀 박음질을 하듯, 그런 시간이 쌓여야 고른 문장이 되고 읽는 데 멈칫하지 않는 책이 된다.

'책임감'은 내가 무심히 넘긴 부분에 누군가 걸려 넘어질 것을 염려하는 마음이다. 책을 읽다가 독자들의 마음속에 떠오를 수 있는 물음표를 미리 걷어내는 일. 독자들이 불편해할 부분과 답답해할 부분을 미리 해소하는 일. 사실을 확인하고 인용 부분을 대조하고 저자에게 한번 더 질문하는 일. 편집자는 어리석은 질문을 두려워하면 안 된다. 모르는 것은 일단 물어봐야 나중에 후회하지 않는다. 원고 상태일 때 질문할 기회를 놓치면 책이 출간된 이후에는 바로잡을 기회가 잘 주어지지 않는다(일단 초판을 다 팔아야 하는데, 슬프게도 1년 안에 초판을 파는 일이 여간 쉬운 일이 아니다). 마감 전까지 한 번이라도 더 보려는 이유다.

이 일의 힘듦도 보람도 여기에 있다. 무엇보다 실체가 없던 한 사람의 작업이 물성을 가지고 손에 잡을 수 있는 '책'이 될 때 느끼는 성취감은 크다. 한 권의 책이 되어 손에 쥐어질 때마다 지난 시간이 형태를 지니고 눈앞에 나타난 마법 같다. 흘러 사라진 게 아닌, 시간의 증명. 그리고 그 마법에는 '일'이라는 카테고리 안에 숨어 있는, 편집자인 내 눈에만 선명하게 보이는 '마음'이 있다. 성실과 책임의 의무를 다하게 만드는, 작고 반짝이는 마음.

책을 만드는 첫 마음을 생각할 때 자연스럽게 떠오르는 책이 있다. 2019년 4월에 출간한 임진아 작가님의 『아직, 도쿄』. 책의 표지와 삽화 작업을 하면서 종종 자기 작업물을 독립출판물로 선보이던 임진아 작가님에게 첫 미팅을 제안한 건 2016년 10월이었다.

미팅 전, 나는 작가님의 SNS를 바탕으로 기획서를 작성했다. 일본어로 쓴 일기를 곧잘 올리는 작가님이니 일본 여행에 필요한 일본어를 함께 익히며 사진 대신 그림으로 떠나는 도쿄 여행기를 제안하는 내용이었다. 그리고 기쁘게도 첫 미팅을 했고, 내가 그려온 밑바탕을 토대로 왜 도쿄여야 하는지 이야기했고, 취향에 따라 자신의 여행과 포개어볼 수 있는 책을 만들어보자고 의기투합했던 날. 한 달 치 분량의 원고와 그림이 마감일에 어김없이 도착할 때의 쾌감. 메일에 첨부된 파일을 여는 순간, 잿빛 파티션은 사라지고 단숨에 작가님을 따라 도쿄의 공원을 걷는 기분이 되는 신기한 경험. 나의 생생한 감동을 곧장 메일로 전송하던 시간이 매달 정직하게 쌓였고, 그 시간은 한 권의 책으로 묶여 도쿄를 그리워하는 독자들을 만나고 있다.

기획의 시작은 편집자의 상상력에서 출발한다. 작가가 어떤 사람인지 잘 모르면서도 매력부터 캐치해내는 마음이 원동력이 된다. 세상에 내어놓은 정보들을 모아서 제멋대로 그 사람을 상상하고, 그 사람이 쓸 수 있는 이야기에 대해 여러 방향으로 아이디어를 적는다. 진지하고 조심스러운 태도로 미팅 제안 메일을 쓴다. 타이밍이 안 맞을 수도, 생각했던 것과 매우 다른 사람일 수도 있다. 그럼에도 그 모든 과정은 기획의 순간이고, 그 타율이 정확해질 때마다 조금씩 기획자로 완성되어간다.

오래 흠모하던 김민철 작가님이 책을 쓰고 싶은데 원고를 검토해줄 수 있겠느냐고 문의해준 날의 기억은 아직도 짜릿하다. 카톡을 받은 그 순간, 만화처럼 그 자리에서 튕겨 오를 뻔했다. 지난 4년간 작가님 곁을 기웃거리며 맴돌았던 시간이 눈앞을 스쳤다(편집자로서보다는 순수한 팬심이었다. 정말입니다). 샘플 원고를 감사히 받고 아무렴요, 감사합니다, 작가님! 하며 계약서에 도장을 찍었다.

그렇게 최종 원고 마감을 두 달쯤 앞둔 시점에 작가님으로부터 연락이 왔다. 원고를 반쯤 썼는데 검토해봐달라는 요청이었다. 출근하자마자 작가님의 원고부터 열었다. 그리고 곧 한 편 한 편 담긴 이야기에 웃다 눈물이 핑 돌다 마음이 어지러웠다. 작가님께 이 감상을 어떻게 전해야 할지 고민하며 메일 창을 띄웠다. 그리고 이렇게 적었다.

"작가님, 제가 이 원고*를 받으려고 지금까지 편집자를 하고 있었던 것이군요!"

용기를 내어 누군가에게 던진 마음이 한 권의 책으로 완성되는 경험. 이런 일은 '일의 세계'보다 '마음의 세계'에 더 가깝다. 그래서 이 일이 좋다고, 잘하고 싶어서 지금까지도 계속 애쓰고 있는가보다.

---

* 「우리는 우리를 잊지 못하고」였다. 책을 내고 내가 느낀 감동과 비슷한 감상을 남기는 독자들을 무수히 만났다.

라디오와 책이라는
낭만에 대하여

라디오를 한창 듣던 시절이 있었다. 가장 오래된 기억 속 디제이는 차태현이고, 수험생 시절 야간자율학습 시간은 소라 언니(가수 이소라)가 책임졌다. 가끔 DJ들이 "우리 작가가"라고 불러주는 게 참 좋아 장래희망에 라디오 작가라고 친구들 몰래 적기도 했다. 짝사랑 고민도, 친구와의 사소한 다툼도, 까닭 모를 외로움도, DJ와 나누고 싶은 전국의 사람들이 보낸 마음이 전파를 타고 흘러나왔다.

DJ의 선곡은 내게 다양한 음악을 알려주었다. 메모해두었다가 용돈을 받으면 레코드숍으로 달려갔다. 그렇게 유희열을 비롯한 유재하경연대회 출신의 뮤지션들을 알아갔다. 어느 타이밍이든 박학기의 〈여름을 지나는 바람〉을 들으면, 여름밤 고3 야자 시간 열린 창문으로 불어오던 서늘한 바람을 맞던 그때 그 기분이 생생하게 되살아난다.

언제부터인가 라디오를 잃었다. 가만히 귀기울여 청취자들의 다양한 사연을 듣고 공감하는 시간이 사라졌다. 한 달 구독료만 내면 음악을 100곡씩 다운받을 수 있다고 했다. 음악이 흔해졌다. 취향과 상관없이 '멜론 top 100'을 다운받는 사람들이 늘어났다. 신곡을 들을 기회이기도 했지만 다음달이 되면 어김없이 사라졌다. 반짝 등장했다가 사라지는 가수들과 노래들. 한 곡에 들이는 시간과 비용이 모두 허탈해지는 환경이 되면서 아마도 적당히 타협한 노래들도 많아졌겠지.

책을 만드는 환경도 이와 비슷하게 서서히 바뀌어간다. 10년 전까지만 해도 '필름 검판'이라는 과정이 있었다. 데이터를 넘기고 다음날 출력실에서 필름을 돌돌 말아 박스에 보내주면 라이트 박스를 켜고 한 장씩 올린 뒤에, 32페이지씩 얹혀 있는 대지가 배열표에 맞게 순서대로 되어 있는지, 빠진 것이 없는지 확인했다. 오자 중에 '이'가 '어'로 된 경우에는 필름 출력비를 아끼기 위해 가운데 선을 칼로 섬세히 긁어내는 작업을 얼마나 집중해서 했던지. 여전히 필름 출력을 고집하는 출판사도 있다고 하지만 지금은 대부분 PDF상으로 최종 확인 후 바로 인쇄용 판 출력으로 넘어간다.

필름을 한 번 뽑은 뒤에는 재쇄 때 수정이 있으면 해당 페이지만 출력해서 손수 따서 붙이는 작업을 했으나 지금은 수정 페이지 파일을 보내고 PDF로 확인하면 된다. 저자가 책 절판을 원하는 경우에는 "안 찍겠다"는 출판사의 말보다 필름을 회수해가는 것이 더 명확한 일이 되기도 했다. 디지털 파일만이 존재하는 요즘은 불가능한 이야기다.

책값이 비싸다는 이야기를 듣는다. 그리고 전자책 업체에서 주로 '북클럽'이라는 이름하에 책 한 권 값도 안 되는 구독료를 내면 '한 달 무제한 이용'을 외치는 풍경을 심심치 않게 본다. 구독제 서비스라면 책을 더 많이 읽을까 싶어 신청해두고도 한 달에 두 권 이상 읽는 게 쉽지는 않았다. 다만 나만의 도서관처럼 참고도서를 간편하게 검색하고 필요한 부분을 발췌독하는 정도의 서비스로는 좋았다.

휴대폰이든 패드든 전자기기를 이용해 읽는 건 어쩐지 읽는 습관부터 달라지는 느낌이었다. 종이가 아니라 화면 위 단어들을 경중경중 건너뛰며 필요한 부분만 습득해버리며 빠르게 페이지를 넘겼다. 속도가 달랐다. 그렇게 읽고 나면 내가 집중해 읽을 만한 것이 느낌상 많은가 많지 않은가에 따라 책의 인상을 갈랐다.

어쩌면 유튜브 시대의 문법 같다. 예능 프로그램을 보아도 오프닝부터 시작해 출연진들의 근황 토크로 이어지다 중간에 문득 토크의 흐름을 타고 웃음이 터지기도 하고 그날의 미션을 수행하고 성공 혹은 실패를 한 후에 다음주를 약속하기까지 이야기가, 지금의 시청자들에게는 너무 길다. 다짜고짜 하이라이트, 웃긴 부분만 보고 싶다. 클립으로 즐기는 시대다. '기승전'은 지루하기만 하고 그걸 다 보고 있을 인내심은 없다. '결'로만 가득한 콘텐츠에 둘러싸인 사람들에게 책은 서문부터 넘기기 쉽지 않다.

전자책은 종이책에서 고려한 편집자의 의도를 흐트러뜨린다. 한 페이지 안에 담고자 했던 편집의 묘妙도 사라지고(스크린 크기에 맞게 페이지는 자유자재로 변경된다. 문장이 이어지다가 다음 페이지로 넘어가서 홀로 존재하는 한 글자 '다.'를 자간이라도 줄여 이전 페이지에서 함께 끝날 수 있도록 붙여놓고야 마는 편집자의 노력은 허무해진다), 글의 호흡을 고려해 배치한 이미지의 위치나 크기도 달라진다. 서체는 디지털에 최적화된 서체로, 사용자가 익숙한 것으로 고르고 크기도 필요에 따라 키울 수 있다. 종이책의 미감美感은 사라지고 본체만 남는다. 종이를 고를 때 도서의 성격에 따라 미색과 백색의 차이나 손에 닿는 질감 등을 고민하던 시간도 증발한다. 보다 편리한 휴대성과 가독성이 그 자리를 대신한다.

이런 변화가 독자의 확장을 가져올까. 책 읽는 습관을 쉽게 가질 수 있는 환경을 제공하는 건 틀림없다. 언제 어디서든 단말기에서 읽고 싶은 책을 찾아 펼친다. 다만 주어진 시간 안에 보다 많은 책을 읽어야 이득이라는 '가성비'만을 생각하게 되지는 않을까. 이토록 속도와 양이 중요하게 여겨지는 일상에서 숨이 가쁜 건 나뿐일까. 어쩌면 종이책 향수鄕愁에 빠진 감상에 불과할까.

그럴 때마다 눈앞에 있는 종이책에 손을 뻗는다. 나의 속도에 종이 책장을 넘기는 손의 속도가 따라온다. 조금 생각할 부분이 있으면 손은 잠시 쉬어간다. 종이 위에 인쇄된 서체의 생김을 보면서 편안히 감상하거나 다정함을 느끼기도 하고 낯선 서체의 의도를 생각하기도 한다. 연필로 밑줄 그으며 연필심의 촉감을 느끼고 마지막 장을 덮으며 책 뒤표지에 적힌 문장들을 순서대로 읽고 여운을 정리한다. 이런 일련의 독서 과정이 전체

요리부터 디저트까지 마치기 위해 애써 시간을 내어둔 사람만
이 가질 수 있는 낭만과 여유가 되는 걸까.

> 공테이프를 끼우고 조심스레 녹음 버튼을 누르던 마음은 흘
> 러가버릴 시간을 붙잡으려는, 디제이와 내가 공유하고 있는
> 이 순간의 증거를 남겨두려는, 전파라는 헛깨비가 사라진 뒤
> 에 찾아올 망각에 저항하려는 애틋함이었다. (중략) 매일 함
> 께해서, 일상의 이야기들을 주고받아서, 마음을 나눠서, 그리
> 고 그렇게 흘러가 다시는 돌이킬 수 없어서.
>
> _『내가 사랑하는 지겨움』, 장수연, 라이킷

라디오 PD인 장수연 작가의 에세이를 읽으며 세상의 속도
에서 밀려나고 있는 업의 끝자락을 붙잡고 있는 사람으로, 그럼
에도 그 매체를 너무나 사랑하는 사람이어서 나도 무척 공감했
다. 어쩌면 책을 읽는 행위도, 뭐하고 사는지 모를 듯한 하루하
루 속에서 멈춤의 깃발을 꽂고 그날의 기억들을 함께 기억하려
는 의도를 갖고 있을지도 모른다. 이 책을 읽을 때 한창 이런 고
민을 하고 있었지, 누굴 만나기 위해 나갔던 광화문에서 이 책
을 발견한 거야, 등등.

언제나 불황이라는 출판계에서, 독자들은 쉽게 사라지는 듯하다. 하지만 나는 오늘도 뭔가 헛헛해서, 채우고 싶어서 뭐라도 읽는 사람이 많다는 것도 안다. 그 사람들에게 찾고 있던 무언가를 건네주고 싶다.

아직 손에서 책을 놓지 못한 독자들을 생각한다.

언제든지
달려갈게요

"지은씨, 안녕하세요. 저 기억하나요?"

페이스북 메신저 알림이 울렸다. 낯선 발신자의 이름을 한참 바라보다가 기억해냈다. 첫 직장에서 국내 저자로 첫 인연을 맺은 박성진 작가님이었다. 오랜만에 산문집을 냈는데 첫 책을 작업한 편집자인 내가 떠올랐다며 안부를 건네준 것이다. 평일 오후의 메시지 몇 줄에 10년도 더 된 시절의 내가 떠올랐다. 아무것도 모르던 그때의 내가 작가님에게 좋은 기억으로 남아 있었다니, 어쩐지 안심이 된다.

머릿속 어딘가에 깊이 가라앉아 있던 기억의 조각을 떠올려본다. 어느 날, 편집장님이 부르셔서 편집장실로 들어갔던 기억. 쌓여 있던 책 사이에서 잡지였던가 스크랩북이었던가를 건네받은 기억. 아마도 퇴사하는 편집장님의 업무를 인수인계받았던 것 같다. 그 스크랩북에서 박성진 작가님의 원고를 처음 만났다. 건축 잡지 편집장으로 일했던 작가님은 첫 책을 맡은 나의 어리숙함을 알아보지 않았을까.

그럼에도 작업 기간 내내 편집자로 충분히 존중해주며, 책을 내기 위한 과정을 많이 도와주셨다. 막 3년 차가 된 내가 작가님과 어떻게 소통하며 책 작업을 진행했는지 하나도 기억이 나지 않는다. 다만 이렇게 좋은 소식이 있을 때마다 먼저 인사를 해주시는 작가님을 보면, 과거의 내가 기특하기만 하다(가장 뚜렷이 기억하는 건 작가님과 책이 나온 기념으로 분위기 좋은 레스토랑에서 식사했던 거다. 책이 나오고 홀가분한 기분으로 와인잔을 들었던 것 같은데……).

그로부터 며칠 뒤, 전 직장 동료이자 퇴사 동료인 언니 둘과 함께 원주로 나들이를 나선 참이었다. 맛있는 커피를 마시다가 어쩌다 일 이야기로 흘러가 우리는 눈을 반짝이던 중이었다. 여기까지 와서 일 얘기라니. 그런데 또 서로 신나서 열변을 토하는 우리도 참 우리다, 하며 깔깔 웃고 있을 때, K 언니 입에서 툭 튀어나온 질문.

"그때 지은씨가 김미화 기획안 썼던 거 기억나?"

풉, 커피를 뿜을 뻔했다. 아…… 그걸 언니가 어떻게 알고 있는 거죠?

"기획 스터디를 하고 있었나, 아무튼 처음이자 마지막으로 한번 참석했던 적이 있는데 지은씨 기획안 보고 너무 놀랐잖아. 목차를 구성해왔는데 이렇게 상세하게 써야 하는 거구나, 충격받았어."

기억이…… 난다. 안 날 수가 없다. 인생의 두번째 국내 기획안이었을 거다. 이명박 대통령 정권이 한창일 무렵, 대학교 시절부터 내내 읽어온 한겨레신문을 보며 당시 블랙리스트에 올라 주목받던 방송인 김미화 님을 저자로 섭외하고자 기획안을 썼었다. 목차를 구성하기 위해 수많은 인터뷰 기사를 뒤적거렸다. 아마도 출판학교 동기들과 기획안을 쓰고 피드백을 주는 모임을 했던가…… 정말 난감한 건 그런 모임을 했던 기억 자체가 없다(이쯤 되면 나는 무엇을 기억하고 있는 걸까).

회사에서도 기획안을 통과시켰지만 김미화님께 전할 방법이 없어서 나의 문서함 속에 고이 잠들었던 그 기획안을 언니가,

언니가 봤다니. 게다가 생생하게 기억해주다니 너무 신기하고 고마울 따름이다.

언제나 나를 '똘똘이 스머프', '친화력 대마왕'으로 치켜세워 주는 첫 직장 동료 S 언니가 밥을 먹다 말했다. 언니와는 회사가 가까워 종종 평일 점심을 함께한다. 창업 후 5년이라는 시간 동안 어엿한 대표로 회사를 이끌어가고 있는 언니는 입만 열면 나를 칭찬하기 바쁘다.

"우리 셋 중에 창업을 하면 가장 먼저 할 사람이 지은씨라고 생각했는데요, 그럴 일 없다고 생각한 우리 둘이 벌써 창업을 하고 지은씨는 이렇게 회사를 잘 다니고 있네. 지은씨, 꼭 더 높이 올라가요. 끝까지 올라가봐요."

언니. 제가 정말 신입 때부터 창업을 목표로 하긴 했는데요, 그게 마흔이라는 나이를 보면서 했던 말인데, 그러니까 내년이면 마흔이고…… 그래도 우리는 만으로 살아가니까 아직 시간이 2년은 남은 거네요…….

편집자 2년 차가 되었을 때, 편집부에서 회사를 가장 오래 다닌 사람으로 남아 있을 때 S 언니와 H 언니가 입사했다. 썰물처럼 빠져나간 10년 언저리 경력의 선배들 자리에 3~4년 차 편집자들을 뽑아 앉혔던 회사. 가장 어렸지만 조직 안에서는 가장 오래 다닌 사람이기도 했던 나는 언니들과 어떤 시간을 보냈던 가. 월급 밀리는 회사 욕도 하고 쉬는 시간에는 집에 있는 색색의 매니큐어를 다 가져와 서로 새로운 색을 발라주고 수다를 떨었다. 그 이후로 12년이 흐르고 우리는 서로의 퇴사와 이직을 축하했고 등을 두드려주었다. 그리고 두 언니는 모두 창업을 했다. 책을 만드는 일이 좋아서, 조직에서 벗어나 해보자는 용기를 내기까지 그 고심의 시간은 내 머릿속처럼 훤히 보인다.

책을 만들다 일이 내 맘처럼 되지 않을 때, 사람 관계로 스트레스받을 때 나는 언제든지 언니들에게 연락한다. 오늘 볼까요. 언니들은 단숨에 달려온다. 이제는 안다. 보고 싶다고 할 때 볼 수 있는 건 시간이 있어서가 아니라 서로를 좋아하는 마음이 있어서라는 걸.

"죽고 싶은 와중에, 죽지 마라. 당신 괜찮은 사람이다. 파이팅 해라. 그렇게 응원해주는 사람이 있다는 것만으로 숨이 쉬어져. 고맙다. 옆에 있어줘서."

드라마 〈나의 아저씨〉 속 박동훈의 대사이다. 맞다. 잊고 있던 그 시절의 나를 기억해주는 고마운 사람들이 곁에 있어서 한 걸음 내디딜 때마다 제대로 살려고 노력하고 있나보다. 시간이 누적되어 나라는 사람이 여기에 오기까지 여러 사람들이 있었다. 내 등뒤에 남은 발자국을 오래 지켜봐주는 사람들. 매일 보지 않더라도 서로에게 향한 레이더를 장착하고 언제든지 달려와줄 준비를 하고 있는 사람들. 손을 뻗으면 닿을 거리에서 정서적 지지대를 기꺼이 자처하는 사람들.

고맙습니다. 나도 그런 사람이 될게요. 여기서 곁을 지키고 서 있을게요. 언제든 필요할 때 불러줘요, 알았죠?

3부

여전히
책이라면
힘이 납니다

작가님,
어디 계세요?

"투고 원고는 출간될 확률이 얼마나 될까요?"

며칠 전 장강명 작가님이, 책을 쓰고 싶은 사람들을 위한 책*을 쓰고 있다며 취재차 전화를 걸어왔다. 나는 등에서 약간의 땀이 나는 걸 느꼈다.

"아, 그러니까 작가님, 제가 작가님을 처음 뵈었을 때보다 경력이 많아져서요……."

* 한겨레에 연재했던 글로, 『책 한번 써봅시다』로 출간되었다.

정말 뜬금없는 대답이었다. 투고 원고에 대해 물었는데, 경력이라니.

"솔직히 말씀드리면 저는 경력 5년 차 이후로 투고 원고함을 열어본 적이 없어요. 대부분 편집부의 막내들이 도맡아서 정기적으로 확인하고 기획회의에 올릴 만한 걸 가져옵니다. 저는 투고 원고를 보지 않습니다."

말하면서도 땀이 삐질 흐르는 건 어쩔 수 없었다. 책을 쓰고자 하는 수많은 사람의 간절함이 묻히고 있다고 생각할 수 있으니까. 그런데 어쩔 수 없는 사실이었다. 시간은 한정되어 있고 실제 책을 만드는 작업과 동시에 내가 만들고 싶은 책을 쓸 작가를 찾는 것만으로도 너무 바쁜 일상이니까.

전 직장에서는 편집부 내에서 고충 안건으로 '투고 원고함 관리'가 나온 적도 있었다. 규모가 있는 종합출판사이다보니 보통 한 달에 300건이 넘는 투고 원고가 도착했고, 일일이 열고 확인하고 검토하고 답신을 보내는 데에만 걸리는 시간이 수일이었다. 한 명이 맡기에는 업무에 마비가 올 수밖에 없는데, 부서별 막내가 3개월 단위로 돌아가면서 진행하는 시스템을 바꿀 수 없느냐, 투고 원고를 아예 받지 않으면 안 되는가에 대한 토론이 벌어졌다.

나는 왜 안 되겠는가의 입장이었다. 그 회사에 재직하는 5년여 시간 동안 그 수많은 원고 중에서 책으로 출간된 것은 두세 건에 불과했으니. 들인 공에 비해 출간할 만한 원고를 찾을 확률은 사막에서 바늘 찾기 같았다(물론 이 상황은 출판사마다 다르다. 책으로 내야 할 원고가 쌓여 있는 부서는 투고 원고에 보수적일 수밖에 없고, 원고가 없는 팀은 투고 원고 중 바로 작업이 가능한 책을 찾아 출간한다. 새로 시작하는 출판사들은 책날개나 판권에 '여러분의 원고를 기다립니다'라는 광고도 한다).

그럼 편집자는 대체 작가를 어디서 찾는가?

브런치? 정답. SNS? 정답. 그리고 또?

편집자가 보는 모든 곳에 저자가 있다. 뉴스 기사, 각종 매체의 화제가 된 인터뷰, 지인들이 공유해주는 이야기들, 유튜브, 블로그, 뉴스레터, 팟캐스트, 방송 프로그램 그리고 다른 출판사에서 나온 책 등등…….

몇 달 전, 상사가 메신저로 링크를 하나 주셨다. 이분 흥미로운데 어때요, 하며. 「'작게 따서 한 방에 날린다' 개미 투자자 때린 화제의 논문 주인공」이라는 인터뷰 기사였다. 2019년 서울대학교에서 통과된 인류학 석사 논문 「개인투자자는 왜 실패에도 불구하고 계속 투자를 하는가?」가 1년이 넘도록 일반인 사이에서 큰 화제가 되고 있었다.

상사가 이 기사를 나에게 전달해준 배경은 이렇다. 2019년 12월부터 나는 주식시장에 발을 디뎠다. 제로 금리 시대에 예적 금 이율보다 좀더 수익률이 높은 주식에 눈을 돌린 것이다. 그 런 나의 욕구는 대중의 흐름 속에 있었고 점심시간마다 주식 이 야기를 종종 동료들 앞에서 나누었다. 난생처음 맛보는 주식이 란 세계가 어찌나 새롭고 재밌는지 입을 열지 않을 수 없었다. 그런 나니까 이런 기사를 던져주었겠지(평소에 취향과 관심사를 자주 이야기하면 좋다. 서로 뭔가를 물어다주는 관계가 되어보자). 인 터뷰는 매우 흥미로웠다.

"재미있어요. 바로 연락해보겠습니다."

이미 늦은 연락일 수 있었다. 논문은 발표된 지 1년이 훌쩍 지났고, 코로나 시대에 주식시장 호황과 맞물려 논문 열람 조회 수가 치솟는 중이었다. 심지어 기사가 날 정도면 어디선가 연 락이 갔어도 어쩔 수 없다. 그럼에도 확인은 필수. 이럴 때 연락 처를 찾는 방법? 저자가 소속된 서울대학교 인류학과로 연락을 할 수도 있지만, 기사화된 경우에는 기자에게 메일을 보내 용건 을 밝히면 취재원의 이메일 주소는 간단히 전달받을 수 있다.

그렇게 기사를 본 지 30분 만에 논문의 저자 김수현 작가님의 이메일 주소를 알아냈다(이럴 때마다 유능한 탐정 혹은 흥신소 놀이를 하는 기분이 든다). 다음은?

출간 제안 메일을 쓴다. 어느 회사에서 어떤 책을 만들고 있는 편집자인지 소개하고, 작가님의 기사와 논문을 읽고 어떤 부분이 가장 통쾌했고 지금 이 사회에 필요한 이야기, 화제성과 출간 의의를 두루 갖추고 있다는 판단에 이렇게 메일을 드린다, 이미 출간 제의를 받으셨을 수도 있겠지만 혹시 몰라 연락을 드린다고.

메일 발송. 손끝을 타고 올라오는 두근거림. 이제 회신을 기다리면 된다.

다음날 출근하니 작가님으로부터 메일이 도착해 있다. 다음 주에 한번 뵈면 좋겠다고. 이렇게 서두르는 걸 보니 다른 출판사와 미팅을 해본 느낌이 든다. 보이지 않는 경쟁자들을 의식하며 약속을 잡았다.

처음 만나는 작가님과의 미팅, 특히 출간 제안 미팅은 경력이 얼마나 쌓였는지와 상관없이 긴장될 수밖에 없다. 편집자로서 반드시 다음 약속을 받아내야 하고, 상대의 마음에 한눈에 들어야 한다(일을 잘하는 사람인가, 내 원고를 맡겨도 되겠는가, 무엇보다 잘 모르는 '출판'이라는 세계에서 믿고 의지할 만한 안내자인 가). 담당 편집자인 나와 일하면 어떤 부분에서 더 도움을 줄 수 있을지도 이야기하고, 아마도 잘 모를 출판사에 대해서도 설명 해드리고, 작가님의 원고를 보고 어떤 책으로 만들 수 있을지 최대한 구체적으로 그려서 제안한다.

실제로 마주앉은 작가님은 무척 겸손하고 맑은 인상이었다. 연락이 온 많은 출판사와 만나고 있으며 편집자에게 그리고 출판사에게 궁금한 부분도 꼼꼼히 확인했다. "이렇게 수많은 사람이 논문을 다 읽었는데, 단행본으로 나오게 되면 책을 살까요?" 같은 핵심적인 부분까지도. 한 시간 정도의 미팅이었는데 앞으로의 가능성을 더 보고 싶었다. 함께 책 작업을 할 수 있을지 없을지는 미리 짐작하지 않았다. 그 순간의 대화에 집중했고 알차고 즐거운 이야기를 나눈 뒤 웃으며 배웅했다.

그리고 주말이 지나 결과가 도착했다. 다른 출판사와 진행하기로 했다, 시간을 내주셔서 감사하다는 정중한 거절 메일이었다. 그 메일조차도 단정하면서도 마음이 쓰인 부분이 그대로 읽혀, 거절당한 아쉬움이 사르르 사라졌다. 나는 곧바로 회신했다.

"네, 작가님. 이번에는 아쉽지만 다음 기회를 도모할게요. 진행하면서 혹시라도 제가 도움이 될 만한 부분이 있다면 연락 주세요!"

사람의 심리라는 게 참 단순하다. 아무도 모를 때 누군가를 발견하는 기쁨이 정말 크다. 내가 공을 들여서 누군가의 마음을 움직여 나에게로 왔을 때, 그 희열은 일을 지속하게 하는 원동력이 된다. 그러니까 책을 쓰고 싶다며 예비 작가를 꿈꾸는 분들에게, 나는 이렇게 말을 건넨다.

"브런치 먼저 시작해보면 어떨까요?"

당신이 어떤 글을 쓸지 궁금하다는 말이다. 또 꾸준하게 한 권의 분량을 쓸 수 있을지 보여달라는 말이다. 그 결과물이 매력적이라면 눈에 불을 켜고 출퇴근길에도, 걸으면서도 기획거리를 찾는 편집자의 눈에 띄지 않을 이유가 없다. 일단 보여주세요. 계속해주세요. 그 말의 다른 버전이 어디에든 써보라는 말인 것이다.

출간 제의를 거절당한 김수현 작가님의 논문이 얼마 전에 『개미는 왜 실패에도 불구하고 계속 투자하는가?』로 출간한 소식에 무척 반가웠다. 남이 만들어준 책을 읽는 게 제일 좋다는 말로 아쉬움을 감춰본다.

그간 여러 작가님께 수없이 제안하고 거절당했다. 처음 만난 자리에서 나도 모르게 실없는 이야기를 해버려 아웃을 당한 적도 있고(이날은 미팅 후에 망했다는 느낌이 왔다. 면접을 망친 기분과 거의 흡사하다), 출판사와 처음 미팅한다며 정말 면접을 보는 것처럼 긴장해서 덜덜 떠는 작가님도 만났다(이분과의 작업은 성공리에 책으로 출간되었다).

그렇게 어디로 펼쳐질지 모르는 가능성을 모니터 앞 앉은 자리에서 점치며, 어떤 작가님과 인연이 될 수 있을까 고개를 갸웃거리며 편집자는 오늘도 내일도 끊임없이 탐색중이다.

제목의 신을
찾아서

올 것이 왔다.

가장 고심하고 고뇌하는 시간. 독자에게 한눈에 매력을 어필하면서도 입에 착 붙을 그것. 한번 들어도 쉽게 잊히지 않고 기억될 그것. 작가님에게 "『○○○ ○○○○』 책을 쓰신 분이죠?"라고 물을 때 잘 어울려야 할 그것. 바로 제목 짓기.

누가 이 원고에 이름을 달아주기 전까지, 원고의 제목 옆에는 항상 '(가제)'를 달아둔다. 가제는 작가님이 원고를 보낼 때

달아둔 것일 수도 있고, 편집자가 지어둔 제목일 수 있다. 그 가제는 출간리스트에서 작가님이 마감해줄 날짜를 옆에 달고 존재하다가, 완전 원고*가 도착한 이후부터 초교, 재교, 3교를 거칠 때까지 대략 짧게는 6개월, 길게는 1년 이상 불리기도 한다.

임시로 불리는 프로젝트명 같은 것이지만, 보통 출판사에서는 가제를 신경써서 지어둔다. 회사 내부에서 첫인상을 좌우하는 것은 물론(몇 월에 나올 책이 있는데, 하며 운을 띄울 때 마케터든 디자이너든 동료 편집자든 솔깃할 만한 제목이 좋다) 실제로 제목을 지을 때 무의식적으로 영향을 줄 수 있기 때문이다. 또, 제목을 찾다 찾다 가제를 뛰어넘는 제목이 없어 최종 제목이 될 때도 많다.

제목은 어디에서 오는가. 브런치에 1화가 올라왔을 때부터 출판 관계자들을 홀린 김양 작가님의 연재 제목 〈대문호를 꿈꾸던 연소득 480만 원 예술가의 대부호 되기 프로젝트〉의 실제 책 제목 짓기 사례를 돌아보자.

이 긴 제목은 편집자에게로 와서 '대부호 프로젝트(가제)'가 되어 집필 기간을 거쳐 책 작업에 이르기까지 약 6개월간 그렇

---

* 작가가 책에 들어갈 내용을 다 쓰고 편집자가 '이제 되었습니다. 책 작업에 들어가지요'라고 합의한 상태의 원고.

게 불렸다. 그리고 인쇄 되기 한 달 전부터 고민에 고민을 거듭했고 표지 의뢰에 들어가기 직전에야 제목이 정해졌다.

　다른 분야에 비해 에세이 분야의 제목은 정말 어떤 것도 될 수 있다. 기억나는 제목만 열거해봐도 느낌이 올 것이다. 『죽고 싶지만 떡볶이는 먹고 싶어』, 『나는 나로 살기로 했다』, 『빵 고르듯 살고 싶다』, 『좋아서 하는 일에도 돈은 필요합니다』, 『상관없는 거 아닌가?』, 『진짜 멋진 할머니가 되어버렸지 뭐야』, 『책, 이게 뭐라고』, 『언어의 온도』 등. 문장형, 말을 거는 느낌, 혼잣말, 다짐형, 익숙한 리듬의 '○○의 ○○'……

　제목 안을 쓰기 위해서 우선 새 문서를 띄워놓고 이 원고가 다른 에세이와 차별점을 가진 핵심 키워드를 뽑아본다.

#돈 #대부호

　키워드 밑에 떠오르는 제목을 적어본다. 원고를 다시 읽으면서, 밑줄을 긋고 싶은 문장들을 정리하면서, 그에 따라 떠오르는 제목들을 나열한다. 베스트셀러 제목 패러디부터 나름 유머를 담은 드립까지. 떠오르는 대로, 브레인스토밍하듯, 자유롭게 써볼수록 좋다. 뜻밖의 결과가 나올 수 있으니 생각에 어떤 울타리도 치지 말자.

#돈

‒ 1년이 지나고 많은 것이 변했다

‒ 돈 공부를 하며 깨달은 것들

‒ 대문호 전에 대부호 되기 프로젝트

‒ 나는 돈과 친해지기로 했다

‒ 돈 생각만 했을 뿐인데 원하는 것을 할 수 있게 되었다

‒ 연소득 480만 원에서 월소득 400만 원으로

‒ 이제는 우리가 돈과 돈독해질 시간

‒ 모든 것은 은행 창구에서부터 시작되었다

#대부호

‒ 하고 싶은 걸 하기 위해서, 일단은 대부호 프로젝트

‒ 연소득 480만 원에서 시작한 대부호 프로젝트

‒ '텅장'은 노, 가벼운 몸과 마음은 보너스 대부호 프로젝트

여기까지 뽑아두고 일차적으로 편집부와 회의를 했다. 기획 단계부터 원고를 함께 보고 의논했던 터라 회사 내에서 담당 편집자와 함께 원고를 잘 알고 있는 사람들이다. 또 그들은 책을 많이 사는 보편적 독자이기도 하다. 팀원들은 가제이자 작가님이 잡았던 콘셉트 그대로인 '연소득 480만 원에서 시작한 대부

호 프로젝트'를 꼽았다. 여기서 담당 편집자인 나는 제동을 걸었다.

"여러분, 이 책이 놓일 매대를 떠올려보세요. 자기계발서가 아니라 에세이 매대입니다."

처음에는 금액이 정확히 적힌 제목을 꼽던 팀원들이 고심 끝에 다시 고른 의견은 '하고 싶은 걸 하기 위해서, 일단은 대부호 프로젝트'. 그리고 나의 상사님이 등판했다.

"대부호를 제목으로 세우기 위해서는 '대문호'가 나와야 하지 않을까요? 대문호 대신 대부호 되기 프로젝트. 길어도 이렇게 같이 있어야 우리가 느낀 그 재미를 독자들도 알 수 있지 않을까요?"

고개가 끄덕여지는 의견이었다. 그런데 너무 길어 보이는 건, 입에 안 붙는 건 어떻게 해결하지? 다시 고민. 회사 밖 동료 편집자들에게도 조언을 구했다. '대부호'라는 단어가 낯설다는 의견이 많았다. '대문호'와 '대부호'가 같이 있는 경우에는, 둘 다 되기 어려워서 둘 다 포기하고 싶다는 의견까지(제목 회의를 할 때는 이렇게 떠오른 느낌을 솔직하게 이야기해주는 게 가장 도움이 된다. 원고와 거리감이 있는 사람들에게 의견을 구하면 독자의 시선을 비슷하게 살필 수 있다).

한편 회사 밖 20대 후반, 30대 초반, 마케터, 홍보부 등 다른 나이대, 다른 부서의 후배들은 '대부호 프로젝트'로 의견을 모아줬다. 한 단어를 두고도 각기 다르게 받아들이는 게 제목의 묘미이자 어려움이다.

나는 다시 머리를 싸매고 고민에 들어갔다. 가장 매력적인 첫 느낌은 '대부호'가 갖고 있었는데 이걸 버려도 괜찮을까. 그럼에도 일상에서 많이 쓰이지 않는, 문학적 표현인 '대부호'는 일단 내려놓는 게 맞았다. 다만 작가만의 콘셉트를 분명하게 보여주니 카피로 쓰자. 제목은, 에세이 독자들에게 부드럽게 간접적으로 이야기해보자. 그렇게 나온 2차 제목 안들이다.

1 하고 싶은 것을 하기 위해서, 일단은
: 오늘이 불안하지 않고, 내일이 두렵지 않게

2 나는 나를 바꾸기로 했다

3 새로운 내가 차곡차곡 쌓이는 중입니다

여기까지 뽑아두고 마케팅부와 공유했다. 에세이 독자들이 거부감 없이 책을 펼쳐볼 수 있는 방향에 대해 함께 고민했다. 차별화 지점을 잘 부각하면서 매력적으로 다가가기 위한 제목, 익숙하면서도 새롭게 보이는 제목을 찾아야 했다. 마감 시간은 다가오고 있었다(표지 디자인 작업에 들어가야 한다. 물리적 시간을 양보할 수 없다). 편집자의 결단이 필요했다.

1 대부호 프로젝트
: 하고 싶은 것을 하기 위해서, 일단은

2 내 인생의 핸들은 내가 꺾는 방향으로
: 오늘이 불안하지 않고, 내일이 두렵지 않게

아닌 제목들을 과감히 털고, 작가님께 최종 제목 안 두 개를 드렸다. 제목을 둘러싼 고민을 솔직하게 말씀드렸다. 작가님의 원고를 대여섯 번도 더 읽은 편집자로서 느끼는 솔직한 감상평과 함께.

"대부호 프로젝트를 제목으로 선택하면 장단은 분명한 것 같습니다. 에세이 분야에서 보기 드문 제목이어서 낯설고 신선하거나, 혹은 일상적이지 않아 어려워 보인다는 호불호요. 그럼에도 호기심을 끌고 명확한 콘셉트가 보이는 단어임은 틀림없는 것 같습니다.

한편, 에세이 시장에 좀더 밀착된 제목으로 새로 잡아본 에세이형 문장 제목을 드려보아요. '돈'이 직접적으로 제목이나 부제에 들어가면 거부감을 보이는 에세이 독자층에게 친숙하게 다가가기 위해서(지하철에서 꺼내 읽기에 부담스럽지 않게), '경제적 자유'라는 말을 풀어 '하고 싶은 것을 하기 위해서, 일단은'이라는 부제를 제목으로 가도 좋겠다는 의견도 있어 공유 드려요. 또 작가님 에세이를 읽으면서 결국 불안과 두려움을 이기게 된 나만의 생존 무기를 장착하게 되면서, 이렇게 하고 싶은 일에 온전히 집중할 수 있는 에너지와 시간을 얻게 된 것에 감탄하며, 부제를 '오늘이 불안하지 않고, 내일이 두렵지 않게'로 뽑아보았습니다.

작가님께도 이런 고민을 담아 의논을 드려봅니다. 제목과 부제에 따라 띠지 문구는 추후 다듬어볼게요! 그럼 검토해보시고 연락 주세요."

하룻밤이 지나고 작가님께 답장이 왔다. 이거 어때요 하며.

"오늘부터 돈독하게
: 하고 싶은 것을 하기 위해서"

나는 만세를 불렀다. 이 제목이었다. 너무 노골적이지도 않고 에세이 독자들에게 재미도 주고 부드럽게 다가가는 경쾌한 제목. 일주일간 끙끙 앓던 고민으로부터 단숨에 해방되는 순간이었다.

한 방에 영감으로 오는 제목은 잘 믿지 않는다. 단계별 고민을 거듭하면서 차근히 올라가다보면 어느새 운명적인 제목에 닿을 뿐. 답이 나오지 않을 때는 원고를 읽고 또 읽는다. 그리고 원고를 보지 않은, 작가님에 대한 정보가 없는 낯선 시선을 가진 사람들의 의견을 듣는다(출판계에서 선호하는 제목과 비출판계 친구들이 선호하는 제목에도 차이가 있다). 무엇보다 내가 제출한 제목 안을 꼭 관철하고 말겠다는 고집 없이, 이 책이 잘되기만을 바라는 마음으로 좋은 제목에 대해 얼마든지 의견을 듣고자 하는 자세가 전부다. 언제 찾아올지 모를 제목의 신을 맞이하기 위해서 우리는 마음을 활짝 열어두도록 하자.

팬들은
'찐'을 알아봤다

우연히 박막례 할머니의 유튜브 영상 〈치과 갈 때 메이크업〉을 보았다. 몇 번이고 돌려봤다. 너무 재밌어서. 친구들이나 주변 사람을 만날 때마다 이거 봤냐고 들이대면서 보고 또 보고. 그러다 말았다. 유튜브를 열심히 보는 사람은 아니어서. 재밌는 할머니가 있구나 하고 지나갔다. 잊고 지내던 즈음 〈코스모폴리탄〉 인터뷰가 화제가 되었다. 청춘들의 고민 상담이 주제였는데, 박막례 할머니의 촌철살인 답변에 묻어나는 인생 내공이 장난이 아니었다. 자려고 누웠다가 이거다 싶어 황급히 일어났다. 2017년 12월 23일 밤 12시가 가까워져 오던 시간이었다. 손녀인 김유라 PD에게 인스타그램 메시지를 보냈다. 연말 연휴가 지나고 보자, 는 긍정적인 답변이 왔다.

다음날 출근해서 기획안을 썼다. 박막례 할머니와 김유라 PD. 아직 만나본 적 없는 저자들로부터 어떤 이야기가 나올 수 있을지 상상해보는 시간은 막연하고도 재미있다. 처음 기획으로는 크게 세 가지 방향을 생각했다. 첫번째, 잡지 인터뷰의 방향처럼 '할머니의 고민 상담소'로 요즘 세대의 고민에 대한 할머니의 조언을 받고 싶었다. 박막례 할머니의 긍정적인 기운과 유머가 담긴 명언들이 담길 수 있을 것 같았다. 두번째는 할머니와 손녀의 세계여행기. 유튜브 채널에는 호주 여행부터 출발해 10여 곳을 다녀온 추억이 쌓여 있었다. 기존에 엄마와 딸, 엄마와 아들의 여행기들이 출간되어 좋은 반응을 얻은 적 있으니, 할머니와 손녀의 여행 에세이라고 나오지 못할 이유가 없었다 (기획할 때 유사도서를 찾는 건 매우 중요하다. 타깃 독자가 있음을 증명할 수 있는 증거가 되고, 구체적으로 어떤 책이 될지 방향을 쉽게 공유할 수 있다). 세번째는 키워드를 유튜브로 잡아, 늘 뜻밖의 기획력을 보여주는 김유라 PD의 유튜브 채널 만들기 실용 가이드북도 가능할 것 같았다.

해가 바뀌고 2018년 1월의 어느 날, 김유라 PD와 첫 미팅을 했다. 출판사에서 어떤 아이템을 제안한들 저자가 쓸 수 없다면 소용이 없기에, 긴장을 늦추지 않은 채 준비한 아이템들을 이야기했다. 김유라 PD는 처음 만난 자리에서부터 가능한 범위를 확실히 했다. 애초에 유튜버를 꿈꾸고 영상을 제작하게 된 사람이 아니어서 '하우 투 유튜브' 류의 책은 쓸 수 없다, 또 할머니가 청춘들에게 이래라저래라 하는 류의 멘토가 되는 것도 원치 않는다, 누군가에게 그런 책임 있는 말을 건네고 싶지 않다고 했다.

마지막으로 할머니와 여행한 스토리라면 가능할 것 같다는 말에 그제야 안도의 한숨을 쉬었다. 지금까지 여러 출판사의 제안을 많이 받아왔으나 그간 채널을 운영하느라 바빠서 미뤄두고 거절해왔고, 독자에게 무엇이라도 남을 만한 책을 쓸 수 있을까 하는 부담감에 선뜻 하겠다는 말을 못했다고 했다. 책 출간의 무게감을 알고 진지하게 생각해본 사람이라서, 믿을 수 있었다. 그런 고민이 좋은 책이라는 결과물을 내도록 우리를 끝까지 이끌어주는 힘이 될 테니까.

회사 내 기획회의 통과를 위해 김유라 PD에게 샘플 원고를 요청했다. 2~3주 후에 보내주겠다고 했는데 차일피일 미뤄졌다. 워낙 바쁜 일정을 소화해내고 있으니 무리일 거라 생각했지만, 연일 화제가 되고 관심이 쏟아지던 터라 조바심도 났다. 당시 박막례 할머니 채널의 구독자는 35만 명 정도였다. 책을 만들기로 첫 미팅을 한 이후에 할머니는 40여 년간 운영해온 식당 은퇴식을 했고, 유튜버로 제2의 인생을 살겠다는 영상을 올리기도 했다. 또 한국 대표 유튜버로 초대받아 구글 본사에 방문하는 등 김유라 PD와 박막례 할머니는 함께 유튜브 채널 '박막례 할머니 Korea Grandma'를 키우며 한 발씩 열심히 나아가던 시기였다.

샘플 원고를 기다리고 있다고 재촉만 하던 중에, 8월 중순쯤 다이아 페스티벌이 열린다는 광고를 봤다. 박막례 할머니와 김유라 PD도 출연한다는 프로그램을 보고 당장 티켓을 끊었다. 뮤직 페스티벌처럼 주말 이틀간 고척돔에서 다이아TV[*] 소속 유튜버들이 총출동해서 팬들을 만난다고 했다. 유튜버라는 직업의 생태계를 잘 모르지만 그 스타들에 열광하는 사람들은 또 누구일지 궁금했다. 또 할머니의 편(박막례 할머니는 팬을 '편'이라고 부른다)들이 어떤 연령층의 어떤 사람들인지, 인기가 어느 정도인지 두 눈으로 보고 싶어 달려갔다.

* CJ ENM이 운영하는 유튜브 크리에이터 소속사.

박막례 할머니와 김유라 PD가 잠옷 차림으로 무대 위에 나타난 그날, 같은 잠옷 차림('팬'들은 미리 공지된 의상 코드로 맞춰 입었다)으로 모여든 사람들은 10대부터 40대까지 다양했다. 관중의 뜨거운 반응 한가운데 앉아 있던 나는 책이 나오면 무조건 잘되겠구나, 생각했다. 그날 현장에서 할머니가 직접 나눠준 찐 옥수수도 받고 집으로 돌아가는 길에 김유라 PD에게 인증샷을 보냈다. 진심이 통했는지 그다음주에 바로 김유라 PD와 합정 어느 카페에서 마주앉을 수 있었다. 우리는 머리를 맞대고 그간의 활동을 바탕으로 가목차를 짜고 기획안을 썼다.

기획서라는 파일을 열고 칸을 채워나갈 때 가장 깊게 고민하는 부분은 '차별점'이다. "우리는 왜 셀럽을 좇는가"라고 물어본다면 고정 독자를 확보하고 베스트셀러로 순조롭게 진입할 수 있어서, 라는 뻔한 대답밖에 할 수 없다. 그렇다면 질문을 바꿔본다. 지금 우리는 누구에게 관심을 두고 있는가. 누구의 삶이 궁금한가. 우리는 누가 되고 싶은가. 가성비의 시대에 책값을 기꺼이 지불하고 읽을 만한 콘텐츠를 가진 사람은 누구인가. 그 사람을 찾았다면 우리는 그의 책을 낼 수 있다. 이 시대의 독자들이 읽고 싶은 사람을 찾는 것, 나는 그것이 기획이라 배웠다. 저자가 살아온 시간 속에서 증명해낸 무언가를 찾을 수만 있다면, 책이 출간되어야 할 이유로 충분하지 않을까.

2018년 8월 21일, 기획회의에서 기획안이 통과되었다. 김유라 PD와 8개월간 끊임없이 접촉한 결과였다. 이후 책을 쓰는 과정에도 꾸준히 김유라 PD와 미팅했다. 종종 월간지, 웹진 등에 글을 써온 김유라 PD라 걱정은 덜했으나 책은 책이었다. 어디서부터 자신의 이야기를 해야 할지 모르겠다는 김유라 PD의 S.O.S에 해외 일정과 촬영, 편집으로 정신없는 사이사이에 시간이 날 때마다 마주앉았다. 녹음기를 켜고 미리 준비한 질문들을 인터뷰하듯 던졌고 쓸 만한 이야깃거리들을 건져올렸다. 그렇게 겨울을 지나는 동안 미처 영상에서 다 말하지 못한 이야기들이 원고로 쌓이기 시작했다.

여행 사진까지 받아서 페이지를 구성하고 점점 책의 꼴이 갖춰져 드디어 '완성 원고'라고 외칠 즈음, 김유라 PD로부터 연락이 왔다. 원고를 처음부터 끝까지 읽어보니 여행기로는 재밌지만, 영상을 이미 본 팬들에게는 봤던 영상을 책으로 다시 한번 보는 의미 외에 뭔가가 더 있어야 할 것 같다는 강력한 의견을 던졌다. 그즈음 소위 '팬덤 셀러'라는 책을 처음 만들면서 '100만 뷰 영상이 탄생하게 된 메이킹 스토리' 등 아이디어를 붙이고 있었지만 "유튜브 영상을 뛰어넘어야 한다"는 동료들의 피드백도 받던 중이었다. '영상을 다 본 사람들이 이 책을 왜 사야 하는가'에 대한 고민.

그 답은 김유라 PD가 찾았다. 할머니가 그간 거쳐온 직업이 식당뿐 아니라 꽃 장사, 떡 장사, 파출부 등 안 해온 게 없으니 그 이야기를 할머니에게 듣고 써보겠다고. 그렇게 이 책의 '차별점'인 「전반전 : 막례의 인생」이 탄생했다.

그뒤에 인생의 희로애락이 담긴 그래프가 있었으면 좋겠다는 동료의 아이디어는 「사진으로 보는 막례 인생 주요 사건」으로 삽입되었고, 펀들을 위한 서비스 페이지로 자신의 덕심을 테스트해보는 「박막례 모의고사」도 부록처럼 넣었다.

그리고 하늘이 도운 것인지, 교정교열 작업을 거의 마무리할 때쯤, 구글에 두번째 방문하러 간 김유라 PD로부터 카톡이 왔다.

"대박이에요. 지금 구글 CEO를 만나러 가고 있어요."

그 순간의 소름이란! 한국으로 돌아오는 비행기 안에서 이 에피소드를 써서 넘겨준 덕분에 최종교에서 마지막으로 원고가 추가되기도 했다. 이렇게 해서 비로소 한 권의 드라마가 완벽하게 마무리되었다.

2019년 5월 1일, 표지 사진을 찍기 위해 마련한 스튜디오에서 처음으로 박막례 할머니를 만났다. 촬영 콘셉트로 '강한 여자 박막례'를 보여주고 싶었다. 담당 디자이너의 아이디어로 시작된 '리벳공 로지*' 포스터 패러디를 위해 촬영 전날 종일 홍대 빈티지 숍을 돌아다니며 의상과 소품을 준비한 경험도 처음이었다(편집자의 일이란 대체 어디까지란 말인가. 이럴 때마다 퇴직 후 가능한 직업 리스트를 하나씩 늘려가는 재미가 있다). 타고난 스타인 할머니는 모든 촬영을 순조로이 마쳤고 특히 포즈를 위해 팔뚝을 걷었을 때 드러난 실제 근육은 촬영 현장의 모든 사람이 환호할 정도로 멋졌다. 이 사진을 활용한 표지 시안이 나왔을 때, 내부에서는 "너무 센 것 아니냐"는 우려로 의견이 갈리기도 했다. 하지만 박막례 할머니 채널의 팬들이 무엇을 원하는지를 정확히 알고 있는 김유라 PD와 함께 강력히 밀어붙였다. 책 제목은 『박막례, 이대로 죽을 순 없다』. 할머니에게 '죽다'라는 말을 붙이는 것에 대해 반감이 들 수 있다는 의견이 있었으나, 유튜브 콘텐츠를 넘어 다음 스텝으로 영상화 콘텐츠 제작을 꿈꾸는 김유라 PD의 큰 그림 앞에 고개를 끄덕일 수밖에 없었다(이 책은 2019년 부산국제영화제 북투필름 피칭 작품으로 선정되었고, 상도 수상하고 영화 판권도 팔렸다).

그뒤로 5월이 어떻게 지나갔는지 잘 기억이 나지 않는다. 회사의 초전략도서로 마케팅 전략이 세워졌고 예약 판매를 오픈

* 방위산업체에 종사하는 여성을 상징하는 이미지. 여성이 소매를 걷고 주먹을 불끈 쥐어 팔뚝을 드러내고 있다.

하자마자 폭발적인 반응이 따라왔다. 예약 판매부터 출간까지 3주밖에 주어지지 않은 탓에 담당 디자이너와 김유라 PD와 함께 3인 4각 달리기를 하듯, 회사에 살듯이 작업했다. 다른 걸 떠나서 팬들을 실망하게 하면 안 된다는 부담이 나를 채찍질했다. 팬심을 담아 책을 펼친 순간부터 덮을 때까지 박막례 할머니가 주인공인 한 편의 즐거운 예능을 보여주고 싶었다. 다이아 페스티벌에서 만난 '랜선 손녀·손자'들이 할머니의 행복을 빌어주며 함께 울고 웃으면 좋겠다고 생각했다.

책은 출간 이후 연이어 중쇄를 찍어 100일 만에 15쇄, 8만 부를 제작했다. 그사이 박막례 할머니 유튜브 구독자도 100만 명을 넘어선 경사가 있었고, 우리는 팬들에게 감사한 마음을 담아 표지 B컷 포스터를 책 커버로 디자인해 '땡큐 에디션'이란 이름으로 재론칭했다. 금빛 작은 트로피를 장난스레 들고 있는 박막례 할머니의 사진과 할머니의 진심 어린 손 편지까지 담은 포스터를 팬들은 특별한 선물처럼 여기며 기뻐해주었다.

나는 에세이가 '누군가의 삶을 보여주는 하나의 메이킹 스토리'라고 생각한다. 그렇게 개인의 고유한 경험이 모두의 경험으로 확장되는, 저자와 독자의 접점을 넓혀주는 책을 만들고 있다. 팔로워 수, 구독자 수가 책의 판매로 당연하게 이어지지 않으니 유명 채널만을 좇는 건 의미 없다. 예기치 못한 유명세의 역풍을 맞을 수도 있다.

　박막례 할머니에게는 자기 삶을 성실하게 살아온 사람만이 가질 수 있는 당당함이 있었다. 김유라 PD는 세상의 관심에 휘둘리지 않고 새로운 경험으로 할머니의 세계를 넓혀주는 초심을 지키며 채널의 영향력을 넓혀 왔다. 저자들의 성장과 발맞추며 출간한 『박막례, 이대로 죽을 순 없다』는 두 사람의 활약이 계속되는 한 더 널리 뻗어갈 테다.

맛있는 책을
만드는 일

드. 디. 어. 책을 마감했다.

2월에 이직하고 새 회사에서 처음 낸 책이자, 이전 직장에서부터 편집자 하나만 믿고 함께 작업해준 고마운 작가님의 책. 초기 비용이 많이 드는 대형 프로젝트였고, 판매도 대형 사이즈가 될 책. 그리고 무엇보다 나에게 '요리 실용서'라는 새로운 세계를 처음 경험하게 한 책(이전에 칵테일 책을 만든 적이 있었는데 그건 정말 아주 간단한, 촬영 하루면 끝나는 세계였고요……).

바로 박막례 할머니의 요리책 『박막례시피』.

편집자가 책 만드는 과정을 상상하자면 하나의 판을 벌였다가, 완벽하게 세계를 구현해낸 뒤, 그 판을 닫는 장면이 떠오른다. 이 책의 시작이 그랬다.

43년간 요리를 해온 할머니의 노하우가 담긴 요리책을 만들자. 자, 어디서부터 시작해야 하지? 망망대해에 떠 있는 쪽배 위에 있는 기분이었다(거기 누구 없어요?). 그러나 나에게는 믿을 구석이 있다. 지금껏 이 업계에서 14년간 구른 덕에 내 옆에는 수많은 숨은 고수가 있다. 이번에는 실용책의 대모, 늘 따스한 미소로 나를 품어주는 전 직장 동료 J 언니를 찾아가 상담했다(저 뭐부터 해야 해요? 정말 거의 울먹이듯이 간절하게 물어봤다).

또, 팁을 얻고자 유명 셰프의 책을 진행해본 Y 언니를 만나 작업 히스토리를 듣고 참고할 매뉴얼도 얻었다. 나의 소중한 사람들, 각자의 자리에서 다양한 작업을 진행해본 편집자들로서 기꺼이 서로의 레퍼런스가 되어준다. 이렇게 두 언니를 만나 푸드스타일리스트, 사진작가와 어떻게 협업해야 하는지 대략 그림을 그려볼 수 있었다.

큰 흐름을 적어보자면

1 레시피를 몇 가지 수록할지 정한다(한식은 양식보다 손이 배가 가고, 재료 가짓수도 많았다. 한 시간에 요리 하나 찍을 수 있다).

2 푸드스타일리스트를 섭외한다(대부분 스튜디오를 운영하고 있으니 장소가 해결된다).

3 푸드스타일리스트와 작업을 함께하는 사진작가를 소개받는다(협업의 호흡이 중요할 거라 짐작했다).

4 작업의 범위를 정하고 계약서를 작성한다(촬영 일수, 촬영 콘셉트, 촬영 순서 등 정할 것들이 많다).

5 현장을 지휘하며 촬영한다(현장 인원은 대략 열 명쯤 된다. 현장에서 바로 사진을 셀렉한다).

6 그다음부터는 다른 책을 만드는 과정과 같다. 다만 본문에 디자인 요소가 많고, 실제 요리하듯이 행동을 설명하는 문장, 재료 순서를 나열하는 규칙 등 요리책에 부여되는 새로운 문법을 배우느라 정신이 없었다. 요리책 전문 외주 교정자의 손을 빌렸고 원고는 제자리를 빠르게 찾아갔다.

이 과정을 지난 4월부터 8월까지 진행했다(물론 이 프로젝트 하나에만 매달리는 시간은 아니었다. 동시 진행되는 책들도 챙기고 틈틈이 기획도 하고……). 그리고 예약 판매 오픈 전까지, 마케팅부와 굿즈 상품을 선택하고 저자 컨펌 요청 등의 일이 일정상 마감과 동시에 맞물릴 수밖에 없었다. 태풍이 오든, 코로나가 심각해지든 나는 붙박이 가구처럼 자리에 앉아 원고를 보고 또 봤다.

인쇄 하루 전, 예약 판매가 시작되었고 뜻밖에 굿즈에서 문제가 터지는 바람에 종일 주문 과정에 대해 문의를 쏟아내는 독자들을 응대했다. 책 구입비가 연말정산에 문화비로 공제되면서, 사은품 결제는 별도로 하는 시스템이 독자들의 혼란을 가중시켰다. 책만 결제된 것은 아닌지 묻는 문의에 응대하는 데에 많은 시간을 할애해 피곤했지만 한 권 한 권 직접 파는 마음으로 답변했다. 고맙다는 말 한마디가 돌아오면 더없이 큰 보람을 느끼면서.

드디어 인쇄 감리를 보는 날, 이전 책보다 더 오른 주문량을 보면서 덜덜 떨기 시작했고, 언제나 무던한 모습으로 진정시켜 주는 디자이너를 믿으며 인쇄 감리를 마쳤다. (양면 동시 인쇄기는 또 처음이었는데, 이런 신문물을 14년 만에 만나게 되다니요?)

주말이 지나 인쇄물을 순서대로 접어 제본하지 않은 상태로 온 종이 뭉치(가제본)를 확인했다. 감리를 본 대로 사진 색감이 잘 나왔는지, 핀은 잘 맞았는지 등을 확인하며 빳빳한 새 종이 위 잉크 냄새를 맡으면서도 세상에 없던 책이 진짜 나온다는 게 실감이 나지 않는다. 보통 책이라면 1년 안에 팔기 힘든 부수를 초판으로 찍으면서 산처럼 쌓인 종이를 보고 왔는데…… 독자들이 올리는 인증샷을 봐야만 비로소 안심하고 실감할 수 있을 것 같은데 아직 일주일이 남았다.

이 모든 날이 지나 비로소 손에 쥐어지는 한 권의 책이 된다. 과정 속에 지치기도 하고, 누군가를 설득해야 하고, 다시 계획을 수정해야 하고…… 매번 겪어도 익숙해지지 않는 반복되는 일. 매번 새롭게 배우는 게 많아서 여전히 재미있는 것 같기도 하다(고 나를 속여본다). 이번 책을 계기로 요리 실용서라는 새로운 세계의 문을 열어보았고, 이내 나는 아닌 것 같아, 하며 조용히 문을 닫고 조신한 걸음으로 퇴장했다. 그간 만들었던 책보다 조력해야 할 사람이 많았던 만큼 긴장감으로 어떻게 지나왔는지 모를 일이었다(맛있는 책을 만드느라 지금도 애쓰고 있는 모든 관계자 여러분께 큰절을 올립니다).

떨쳐내자고 애를 써도 아직도 심장 귀퉁이에 붙어 있던 불안과 부담에 몇 날 잠을 뒤척였다. 그런 날이 헛되지 않게 결과물을 보고 환호해주는 사람들이 있어서, 짜릿한 희열과 보람을 느낄 수 있어서 기쁘다. 고맙습니다, 독자님.

자, 그럼 다음 차례를 기다리고 있는 원고를 만나러 갈 시간(괜히 희망차게 외쳐본다)!

서점에서 우연히
좋은 책과 마주칠 확률

가끔 기획거리를 찾아 시장조사차 서점에 들러 책을 한 권, 한 권 세심히 살펴본다. 책들은 매대에, 서가에, 창고에 여기저기 빽빽이 쌓여 있다. 이 책들은 다 어디서 온 걸까. 나와 같은 편집자의 손을 거쳐, 그 외에도 수많은 이의 노고를 빌려 독자들의 선택을 기다리고 있는 책들.

솔직히 이렇게 많은 책들 사이에 굳이 또 책을 만들어 넣어야 할까, 어지러움을 느낄 때도 있다. 다시 마음을 다잡고 주변을 둘러본다. 매대를 살피는 중에 어떤 책을 집어드는 사람이 있으면 독자 파일링을 하며 머릿속에 그려넣는다(이렇게 적으면 참 프로 같지만, 연령대와 성별 정도를 파악할 뿐이다). 아주 가끔, 막 매대에 놓인 내가 만든 책을 유심히 살피는 독자가 있을 때면 주문을 왼다(괜찮은 책이에요. 좋은 선택이에요. 후회하지 않을 거예요. 얼른 결제하러 가시지요). 주문의 효력은? 반반이다.

서점에서는 모니터로만 보던 표지들을 실물로 확인하는 재미가 있다. 책을 쓰다듬고 펼쳐보는 동안, 화면으로는 느낄 수 없던 질감을 느끼고 물성을 확인하며 뒤늦게 감탄하기도 한다. 좋은 그림을 단편소설마다 넣었는데 온라인에서는 왜 안 보여준 거지 안타까워하기도 하고, 온라인에서 잘 몰랐던 반짝이는 공정을 보며 추후 작업할 책의 후가공 샘플로 찜하기도 한다.

온라인 서점에서 보지 못했던 책들이 오프라인 매장에서는 매대를 오래 지키고 있는 경우도 많다. 앱이나 PC 화면에 소개되는 책만이 전부가 아니라는 당연한 현실을 깨닫는 순간이다. 손바닥 안에 들어오는 그 작은 화면 속 자리싸움은 생각보다 치열하다. 서점 메인 화면에는 맨 위에서부터 끝까지 내릴 때까지, 광고 배너 속 책 포함 예스24는 20권, 교보문고는 14권, 알라딘은 9권 정도 보인다. 대한출판문화협회에 따르면 2020년 기준 출간된 책은 6만 5천여 종, 매일 170여 종이다. 우리의 눈에 띄도록 주목을 받는 '신간'의 경쟁률이 대략 짐작이 될 것이다.

오프라인 서점은 더더욱 공간의 한계로 인해, 주문을 선택적으로 넣을 수밖에 없다. 그러니 동네 서점에서 자신이 찾는 책이 없다면 불평하는 대신 원하는 책을 주문해보면 좋겠다. 지속 가능한 공간이 되기를 바라는 마음으로 응원 삼아.

보통 편집자 30인 이상이 고용된 출판사에서는 신간이 거의 이틀에 1종씩, 1년에 200종 이상의 책을 내기도 한다. 그렇게 쏟아져나오는 책들이 서점 매대에 '분야 신간'으로 표지를 드러내며 독자를 마주할 시간은? 보통 3~4일, 길면 일주일. 그뒤 새로 나온 책들이 순서대로 서점에 도착하고 얼굴을 내밀고 누울 준비를 마친 뒤 매대에 오른다.

그 사이 독자들의 선택을 받지 못한 책들은 매대의 자리를 내어주고 서가에 책등을 보이며 꽂히는데, 그럴 때는 한두 권만 남기고 나머지 책은 반품이 된다고 한다(출판업계는 서점에 '위탁 판매'를 한다. 가끔 동네서점과 직거래를 하는 출판사들도 있지만 대부분 '총판'이라는 중간 물류업체를 거치고, 다시 소규모 서점으로 주문받은 책들이 이동한다. 안 팔리는 책은 다시 서점에서 중간 물류업체 창고로, 출판사 창고로 돌아온다. 이렇게 이동만 하다가 상하는 책이 많고 재생할 수 없을 만큼 손상된 책은 파쇄된다). 물론 계속해서 팔리는 책은 옆 매대 '분야 스테디셀러' 코너로 옮겨가 다시 얼굴을 보일 기회를 얻기도 하지만 그렇게 살아남는 책은 정말 용하고 기특할 뿐이다.

출판사에서는 책이 나오면 출간 기념 이벤트 등 마케팅에 집중한다. 책이란 건 '신간'일 때 언론에서도, 서점에서도 가장 주목을 받는다. 다만 한 달 안에 독자들의 반응이 없으면 출판사에서는 후속 마케팅을 더 하지 못한다. 다음에 나올 책이 또 순서를 기다리고 있으니까. 이런 업계의 속도와 다르게, 독자의 시간은 느긋이 흐른다. '초판 1쇄'에 의미를 부여하는 일반 독자들은 많지 않다. 어떤 책이 존재한다는 걸 독자가 알기까지, 평균 얼마의 시간이 필요할까. 종종 이런 게 궁금하다.

매일 아침 알라딘 서점에 들어가 습관처럼 메인 검색창 밑 〈새로 나온 책〉을 눌러본다. 아직 오프라인 서점에 도착하지 않은 책들도 목록화되는데, 신간 보도자료를 작성한 편집자들이 직접 혹은 담당 마케터가 서점별 도서 등록 담당자들에게 메일을 보내면 등록된다. 어제까지 없던 책이 세상에 존재하게 되는 순간이다. 서점에 매번 못 가더라도 표지와 제목, 출판사를 확인하며 편집자는 시장 동향을 파악한다(고 하고 싶지만, 대부분

나의 장바구니로 담기며 출판계의 '얼리어답터', 책 구입 권수만으로 내가 살고 있는 지역의 상위 5퍼센트 안에 드는 독자가 된다. 초판 2천 부를 찍는 요즘, 편집자 수가 대략 그 정도 아니냐는 이야기를 편집자들끼리 종종 한다).

일반 독자가 책을 알게 되고 구매하게 될 때까지 걸리는 시간은 평균 얼마일까. 3~6개월쯤이 아닐까 짐작한다. 정말 책에 관심이 많아 매주 신간을 분야 상관없이 두루 살피며 구입하고 읽는 독자를 상상해보자. 고르고 고른 책이 도착하고 읽는 데까지 빠르면 1주, 늦으면 2주. 그 책이 마음에 들어 자신의 SNS 혹은 블로그, 서점 리뷰를 남기는 데 드는 시간이 1주. 그렇게 한 달은 순식간에 흐르고 그 포스팅 속 어떤 키워드에 유입되어, 뭔가 읽어보고자 하는 새로운 독자가 추천 글을 발견하기까지의 시간. 혹은 팟캐스트나 유튜브를 통해, 지인을 통해 알게 되는 건 3개월도 빠른 건 아닐까?

독자의 입장에서는 책이 나오고 1년 안에 그 책을 만나는 것도 빠르다고 생각할지도 모른다. 우연한 기회로 마주하고, 마음에 쏙 들게 된 좋은 책은 얼마나 늦게 만났든 그 시기와 상관없이 좋은 책일 테니까. 책을 만드는 편집자, 책을 판매하는 출판사 입장에서 한두 달 안에 승부를 보아야 하는 게, 더 알리지 못하고 밀어주지 못하는 게 늘 아쉬운 부분이다.

가끔 책을 만들면서 기운을 받고 싶으면 검색창에 이전에 작업한 책들의 이름을 넣어본다. 나온 지 1년이 지났는데도 최근에 읽은 독자의 리뷰가 있을 때면 얼마나 힘이 되는지 모른다(이렇게 매번 염탐하고 있습니다, 독자님들. 창작자뿐 아니라 편집자에게도 리뷰는 언제나 소중합니다). 여전히 어디에선가 책이 팔리고 있고 독자를 만나고 있구나 하는 생각이 들면 뭐라도 의미 있는 일을 한 것만 같아 기쁘다. 특히 마음을 흔들 만큼 좋은 리뷰라면, 그래 내가 책을 만드는 일을 계속할 수밖에 없지, 하며 '셀프 토닥토닥'을 만끽하기도 한다.

올해는 마음에 드는 책을 몇 권 만났는지 머릿속으로 꼽아본다. 좋은 책을 만나는 건 옆에 두고두고 지낼 소중한 친구를 만난 것만큼 든든한 일이다. 오늘도 그런 책을 만들고 있는지, 나에게 틈틈이 물어봐야지. 지금을 함께 살고 있는 독자들에게 꼭 필요한 책을 만들고 싶다. 반짝하는 영감을 주는 책을, 한발 내디뎌보는 용기를 주는 책을, 다시 도전해볼 수 있는 희망을 주는 책을 만들고 싶다. 그런 소망으로 아직까지 책을 만들고 있다.

서로에게 친절하기로
약속합시다

　책을 좋아하는 사람이 책을 만들고 싶다는 생각으로 출판사의 문을 두드려 입사한다. 책을 마음껏 읽고 싶고 원고에 얼굴을 파묻고 일한다면 얼마나 행복할까, 수없이 상상하면서…….

　그러나 현실의 편집자는 매우 다르다. 원고 하나를 책으로 내기까지 저자와의 소통, 편집부 내부와의 소통, 디자이너와의 소통, 마케터와의 소통, 제작 담당자와의 소통……. 이만큼 말을 많이 하는 직업이다. 책을 만드는 일은 '협업'의 총체이기 때문이다. 각각의 담당자들이 혼자 책을 만들고 팔 수 없다. 누구

하나라도 빠지면 그 몫을 대신해야 하는 사람이 생길지언정 오롯이 혼자 하는 일은 1인 출판사라 하더라도 거의 불가능한 일이다.

편집자는 창의적인 업무*와 직업인의 기술 및 제반 업무** 사이에서 균형을 맞추며 일을 한다. 오로지 한 영역에서 일하는 것보다 스트레스는 더 많을 것으로 예상된다. 그럼에도 어느 하나에 치우쳐 다른 부분을 등한시하기도 쉽다.

하루에도 몇 번씩 내가 나에게 주문을 건다.

'일이 되게 하라.'

직장인이라면 당연한 소리일 텐데 '편집'이라는 업무 앞에서는 어쩐지 잘 안 되는 일이 많다. 작가님이 원고 마감을 늦추고 싶다고 합니다. 역자님이 번역 일정이 겹쳐 일주일은 더 걸린다고 합니다. 디자인 시안이 며칠 더 걸릴 듯합니다. 심지어 종이가 특수 종이여서 주문하느라 시간이 걸려 인쇄가 밀리는 일까지……. 이런 어쩔 수 없는 영역들. 내 손에서 일정을 조정할 수 있는 데 한계가 있다. 그럼에도 경력이 쌓일수록 일정 관리는

* 기획하기, 콘셉트 세우기, 카피 쓰기, 제목 짓기, 저자의 원고 피드백하기.
** 교정교열, 저작권 확인 및 계약, 각종 기안 및 지출 내역 결재 등.

더욱 철저하게, 마감일을 지켜내는 사람이 프로다(납기일을 준수하는 여러분을 편집자는 사랑합니다).

편집자가 마감일(출간일)을 지키기 위해서는 평소에 확인 또 확인이 필요하다. 그러기 위해서는 협업하는 사람들과 자주 말을 나눈다. 그리고 모르면 무조건 묻는다. 완전 원고 마감일이 2주 남은 시점에서 저자(혹은 역자)에게 마감 일정을 체크한다. 혹시라도 늦춰진다면 출간 일정을 바로 조정하고 마케팅부에 알린다. 마케팅부는 매달 신간을 주요 매출로 예측하기 때문에 출간일이 다른 달로 바뀌는 건 큰 구멍을 내는 일이 된다. 다른 매출 방안을 찾기 위한 시간이 필요하다. 따라서 출간 일정은 미리 알리는 것이 중요하고, 편집부 내에서는 한 타이틀이 출간이 미뤄지면 일정을 당겨낼 수 있는 타이틀은 없을지 검토하기도 한다.

이런 노력이 '협업'이라고 생각한다. 저자/역자가 원고를 안 주는데 어쩌죠라는 대안이 없는 말은 하지 말자. 사정이 있는 경우에는 자세히 설명해서 공감을 얻어내고 협력을 구하자. 한 배를 타고 있는 사람들끼리 서로의 고충을 헤아리며 먼저 챙겨줄 때 '케미', '시너지'는 발생한다.

소통할 때는 친절한 사람이 되는 게 좋다. 내가 말을 하지 않아도 알고 있겠지, 라는 단순한 믿음이 큰 배반으로 돌아올 때가 많다. 일하는 동안 나는 돌다리도 두들겨보는 사람으로, 말이 많은 사람이 되어 영혼까지 끌어올려 조잘대는 편이다(정말정말 바쁠 때는 예외다. 생각할 틈이 없을 때는 상대를 믿고 의지한다. 이렇게 맡겨두었을 때는 결과물에 대해 끝까지 믿어주는 게 중요하다).

예를 들어 디자이너에게 디자인을 의뢰할 때, 책의 내용만 담은 디자인 의뢰서라면 떠올리는 이미지는 사람마다 다를 수밖에 없다. 작가님에게 먼저 표지에 원하는 콘셉트나 생각해둔 이미지가 있는지를 묻고 디자이너에게 전달하자. 책을 여러 번 내본 작가님은 그간 작업하면서 표지를 의논하는 과정에서 마찰을 겪었을 수도 있고, 끝내 마음에 든 표지와 마음에 들지 않은 표지가 있었을 것이다. 다음에는 이렇게 해야지, 결심했던 부분을 먼저 물어본다.

처음 책을 내는 작가님에게는 평소에 좋아했던 표지 디자인을 알려달라고 요청한다. 저자의 취향을 완벽하게 따르진 않지만 수많은 길에서 방향을 찾을 수 있다. 의견을 미리 듣고 디자이너에게 전달하는 것도 편집자의 몫이다.

물론 나도 유사 도서를 참고해서 어떤 아이디어가 좋더라 하는 레퍼런스를 제공하려고 노력하는 편이다. 관심을 먼저 보이면 상대도 다른 일과 다르게 하나라도 더 찾고 의논해보려는 동기가 생긴다. 이런 대화가 쌓여 좋은 결과물이 나왔을 때 서로에게 남는 뿌듯함은 더욱 커지기 마련이다.

나는 대체로 표지 시안에 있어 작가님의 의견을 비중 있게 따르는 편이다. 표지가 맘에 들지 않아 책이 나온 뒤에 저자 스스로 자랑할 마음이 들지 않게 되면 그만큼 힘 빠지는 일도 없으니까. 표지 시안이 나오면 일차적으로 편집/마케팅 회의를 통과한 표지를 서넛 뽑아 작가님께 전달한다. 그리고 회의 때 나왔던 표를 많이 얻은 표지의 장점을 설명하고, 넌지시 작가님께 출판사의 의견을 전달한다. 이때 마케팅팀과 편집팀, 디자이너의 의견이 갈리면 갈리는 대로 솔직하게 말씀드린다. 각 시안의 장점이 다르거나 혹은 취향으로 혹은 특정 기준에 따라(제목이 확연히 잘 보이거나 표지 색이 눈에 띄는 걸 좋아하는 마케팅팀, 책 내용과 분위기를 드러낸 콘셉트를 선호하는 편집팀, 새로운 시도를 보여주고 싶은 디자이너) 표는 갈리기 마련이니까.

이런 작업 속에서 표지 투표를 SNS에 올리고 싶어하는 작가님 혹은 출판사가 있기도 하다. 출판사와 저자의 호불호가 완전히 나뉠 때 이런 작업을 하기도 하고, 출간 소식을 알려 홍보하기 위해 오픈하기도 한다. 다만 이럴 때 디자이너에게 양해를 구하는 일이 우선이다. 시안이라는 건 최종본이 아니다. 방향을 정해 좀더 발전할 수 있는 상황이기도 하다. 누구나 자신의 B안을 세상에 공개하고 불특정 다수에게 피드백을 받는 건 부담스러운 일이 아닌가. 한눈에 좋아 보이는 걸 골라주세요, 라며 의견을 구하는 건 주변 지인에게 알음알음 피드백받는 것만으로도 충분하다.

이 외에 편집자라면 업무의 주요 소통 창구인 '메일'도 잘 챙겨야 한다. 메일이 들어오면 우선 열어 살피고 바로 대답할 수 없는 내용이라면 일단 잘 받았다는 회신을 먼저 보낸다. 한 번의 확인 메일은 서로에게 안심을 준다.

종종 SNS에 외주 일러스트레이터, 번역가, 저자분들이 분통을 터트리는 경우를 본다. 애써 작업한(주로 한 달 이상) 작업물을 마감일에 맞춰 보냈는데 읽기만 하고 답이 없다는 말들. 애쓴 만큼 이 결과물에 대해 편집자가 어떻게 생각할지, 그 답변이 오기 전까지 다른 일이 손에 잡히지 않을 것이다. 다시 작업해야 할지, 수정이 있을지, 다음 일정은 어떻게 되는지 궁금한 것이 무척이나 많을 것이다. 메일을 보낸 이의 입장에서 잠깐이라도 생각해보자.

메일을 열어 확인한다. 일단 잘 받았다고 언제까지 검토 후 연락드리겠다고 메일을 쓴다. 습관을 들이는 것이 중요하다(나도 매번 다짐한다. 메일 읽다가 급히 회의를 다녀오거나 통화를 하게 되면 회신을 잊기도 한다. 잊었을 때는 양해를 구하고 빠르게 검토해

연락 드리는 걸 업무 목표로 삼는다). 때로는 일과 시작 전에 어제 받은 메일 리스트를 살피다가 답장을 안 보낸 메일을 찾기도 한다. 그때라도 메일을 보내고 양해를 구한다. 사소하게 놓치거나 무시했던 부분이 큰일이 되어 돌아온다. 혹은 사소하게 챙겼던 일이 후에 큰 보답으로 돌아온다. 어떤 선택을 할지는 오늘 나의 몫이다.

여기저기 입장 사이에 끼어 새우등이 터지기 마련인 편집자. 언제나 조율하는 중개자이자 프로젝트를 끌고 나가야 하는 운명이 '책임편집자'에게 있다. 그리고 그만큼 큰 보람도 편집자에게 남는다.

협업은 여러 사람들의 흩어져 있던 마음을 하나둘씩 모아 큰 힘을 만들어나가는 일이다. 때론 포기하기도 하고 때론 끝까지 끌고 가기도 하면서 결과물이 나왔을 때 모두가 한 걸음씩 앞으로 나아가 있는 모습을 상상한다. 지금껏 해보지 않았던 즐거운 작업을 한번 해보자고, 선뜻 손을 내밀 수 있는 동료이자 편집자가 될 수 있다면 가장 좋겠다.

불행한 나를
그대로 두지 않기

출판계의 이직은 2~3년 간격으로 흔하다. 부끄럽게도 이런 환경이 된 건 업계에 건강한 조직문화, 합리적인 인사 시스템이 존재하는 회사를 찾기 힘들기 때문이다. 업계 밖에서는 출판계 대기업이라 불리는 회사도 직원 수는 100명 안팎이고 매출 규모도 다른 산업과 다르게 귀여운 수준이다. '책 = 지식인'이라는 선입견과 다르게, 규모와 상관없이 오너이자 대표의 뜻에 따라 하루아침에 휘청하는 조직이 많다. 때가 되면 "어디 출판사 편집자 전부 퇴사했대"라는 이야기가 심심치 않게 들려온다.

누구나 입사할 때에는 오래 다니고 싶은 직장을 심사숙고 선택해 지원한다. 그런데 막상 출근해보면 그간 출간해온 책들의 분위기와 전혀 다른 현실을 마주할 때가 있다. 불합리한 업무 지시, 꽉 막혀 있는 경직된 조직, 직원을 대하는 낡은 방식 등. 이곳을 빠르게 탈출해야겠다는 각이 바로 나오는 회사……. 어느 업계인들 없을까. '책'이라는 상품을 만든다는 이유로 출판사라고 '일하기 좋은 회사', '꿈의 직장'만이 있을 리 없다.

나는 그간 네 번의 퇴사를 했다. 늘 원하는 직장이어서, 오래 다니고 싶어서 지원했지만 경영 악화, 동료, 상사의 퇴사 등 견디지 못할 이유가 발생하기도 하고 미래는 없는 곳이라는 판단에 그만두기도 했다. 한곳에서 오래 버티면서 나 자신을 잃어버리거나 갉아먹히는 것보다 더 나은 환경으로 나를 데려가는 것이 중요했다. 출간 결정을 독단적으로 결정하고, 넘겨주는 원고만을 작업해야 했을 때(이유나 제대로 설명해줬으면 좋으련만), 업무 시간 외 작가와의 행사가 많아 야근으로 인정해달라고 건의했으나 "요즘 직원들은 작가에게 좋은 이야기를 들을 기회를 그렇게 업무적으로 접근하려고 하느냐"라는 타박이 돌아올 때(업무가 아니라면 대체 왜 자유롭게 퇴근하지 못하고 강제 참석해야 했는지), 근속연수가 높은 상사가 하루아침에 한직으로 부당하게 발령이 날 때(특히 마음으로 의지했던 상사의 경우 이 조직의 끝을 목격하는 느낌을 지울 수 없다), 나의 업무 성과에 대한 합리적인 보상을 기대조차 하지 못할 때 등을 마주하면 회사를 계속해서 다닐 의지가 조용히 소멸하고는 했다.

특히 조직에서 자신을 힘들게 하는 관계가 있는 경우, 상황이 바뀌기는 정말 어렵다. 여러 번 싸워도 봤지만 조직은 결코 아랫사람의 고충으로 윗사람들을 경질하지 않았다. 그럴 때면 아랫사람은 주로 자신을 탓하게 되는데 자책감의 굴레에 빠지기 전에, 마음이 망가지기 전에, 더 상처받기 전에 이직하는 것이 좋다. 살면서 모든 문제를 내가 다 해결해야 하는 건 아니다. 자신을 위해서 언제든지 도망치는 것은 하나의 전략이고 좋은 방법이 될 수 있다.

나는 후배들에게 자주 이직을 권한다. 실리적으로 이직할 때 연봉을 20퍼센트가량씩 한 번에 못 올리면, 한 조직의 연봉 인상률로는 만족스러운 수입이 되지 못하는 게 현실이다. 또 개인의 성장으로도 한 출판사만, 한 상사만 겪어보고 이 업계가 다 이렇구나, 좌절하고 순응하기보다 이보다 더 나은 곳을 찾아 여러 조직을 겪어보는 편이 일하는 환경을 객관적으로 판단하는 데 도움이 된다. 개인의 목표를 어느 회사의 편집자로 두고 일하기보다, 내 이름 앞에 특정 분야, 특정 시리즈가 붙는 방식으로 나만의 브랜드를 키우는 게 장기적으로 건강한 계획이다. 회사 밖에서 내가 얼마나 팔리는 직업인인지 평가받기를 두려워하지 말자. 조직은 언제든 내 의지대로 다닐 수 있는 게 아니다. 그러니 이 길이 아니면 없다는 생각은 하지 말자(사람 일은 정말 모르는 거다. 자신의 가능성을 쉽게 지워버리지 말자).

출판사에 들어가고 싶은데 어떻게 지원하면 될까요, 라고 물어오는 사람이 종종 있다. 본인이 주로 읽는 관심 분야의 책을 내는 곳이면 좋겠다고 전제한 뒤 공고가 나면 지원하기 전에 한 번은 꼭 나에게 다시 물어봐달라고 요청한다. 출판사마다 사정은 다 알 수 없으나 그간 나뿐만 아니라 주변 지인을 통해 축적된 데이터가 있으니 최악의 상황은 막자는 생각에서 하는 말이다. 물론 사람마다 견딜 만한 곳인지 아닌지 정하는 입장은 다르다. 다만 많은 후배를 괴롭힌 누군가가 여전히 그 자리를 지키고 있다면 굳이 사서 고생하러 그 자리에 들어갈 필요는 없으니까. 사람은 안 변하고, 조직이 변하는 건 천운이라고 생각한다.

잦은 이직이 고민인 사람도 종종 만난다. 이력서상 1년 미만의 근속연수가 많은 경우, 인내심이 없거나 조직생활에 적응하지 못한다는 오해를 받기 쉽다. 그런 경우라면 자기소개서를 통해 자신이 어떤 회사를 찾고 있는지, 자신만의 일을 바라보는 기준 등을 더 명확하게 드러내주면 좋을 듯하다. 아직 잘 맞는 회사를 찾지 못했다는, 자리를 잡고 싶다는 희망을 어필하면서.

　출판계가 콘텐츠 사업이다, 미디어다 하며 다른 업계와 다를 거란 희망을 품기도 할 것이다. 그러나 실상은 오래된 매체인 탓인지 새로운 것에 거부반응을 일으키는, 변화를 싫어하는 사람들이 많다. 책을 믿되 출판사는 믿지 못할 분위기를 누가 만들었을까. 이 업계가 새로 들어오는 사람에게 늘 하는 말이 있다. "출판계는 단군 이래 불황"이라는 말과 함께 첫 직장에서 너무 지겹게 들었던 그 말. 패배주의, 열등감 가득한 말. 이제 막 이 일을 하겠다고 들어온 신입에게 할말인가 싶은 말.

　"젊어서 여길 왜 와. 얼른 다른 길 가. 내가 그 나이면 여기 안 왔어."

　분명 편집이라는 일이 매력적이고 하고 싶어서 들어왔는데, 이런 회의적인 말들과 불행한 말이 주변에 가득했다. 나부터 이런 말을 하지 않으려고 기억해두었다. 회사가 싫어도 일은 싫은 적이 없었고, 즐겁고 보람을 느끼는 일도 소소하게 많았다. 그렇지 않고서야 15년간 이 일을 계속하고 있을 리 없지 않을까. 나의 선배들도 여전히 이 일을 사랑해서 책을 계속 만들고 있다. 앞으로도 뒤에 올 사람들이 더 나은 환경에서 일할 수 있도록 할 것이다. 그렇게 조금씩 자신이 겪은 것보다 나은 출판계가 될 수 있도록 여러 사람들이 자기 자리에서 노력하고 있음을 안다. 일상 속에서 부당한 일이 벌어지지 않게 세심히 살피는 일을 게을리하지 않고, 회사 안팎 동료에게 작은 힘이나마 연대하기. 출근길에 늘 잊지 않는 다짐이다.

판권에 새겨진
이름의 의미

나는 내가 편집한 책의 저자들과 친우, 전우, 악우의 관계를
맺고 있다. 하지만 착각해서는 안 된다. 어디까지나 봐야 할
것은 저자가 아니라 독자다. 과정이 아니라 결과다.

_『미치지 않고서야』, 미노와 고스케, 21세기북스

이 책의 띠지에는 '1년에 100만 부를 팔아치우는 천재 편집
자'라는 별표가 자랑스레 붙어 있다. 대체 뭐가 다르길래 이 사
람은 책을 100만 부나 팔 수 있었던 걸까? 이 책을 강력히 추천

해준 김얀 작가님 덕분에 아침 출근길에 들고 나섰다. 지하철 안에서 읽기 시작하자마자 100퍼센트, 아니 1000퍼센트 공감하는 문장들을 페이지마다 만났다.

'독자에게는 미안한 말이지만, 한 권의 책을 통해 가장 많이 성장하는 사람은 단언컨대 편집자다(17쪽)'라는 문장에서는, 새벽 5시에 일어나는 저자의 책을 만들고 난 뒤로 저자처럼 그 시간을 지키고 일어나 하루를 상쾌하게 시작하던 편집자(였던) 친구가 생각났다. 문학만 읽는 대학 동기로부터 경제경영/자기계발서는 안 읽는다, 종이가 아깝다는 이야기를 들었을 때 친구는 발끈했다. 누군가에게 도움되는 책을 만들고 있고, 자신이 만드는 책에 부끄럽지 않은 사람이 되려고 책을 한 권 만들 때마다 자신의 삶을 하나씩 바꾸려고 노력한다고 했다. 한순간 스친 말이었지만 지금껏 기억하고 있는 장면이다.

'자신의 이름을 남기는 것까지가 일이다(142쪽)'라는 말도 좋았다. 책 표지에는 당연히 저자 이름만 새겨진다. 그리고 그 책은 출간됨과 동시에 작가의 책이 된다. 출간 전까지 협업했던 수많은 사람은 엔딩 크레디트처럼 판권에 소개되는데, 종종 판권 면에 대표 이름밖에 없는 책도 있다(그럴 때는 내가 다 서운하다. 출판사 문을 두드리며 외치고 싶다. 이 책을 만든 편집자도 소개해주세요).

저자가 '작가의 말'에 '이 책을 만들어주신 ○○○ 편집자님 감사하다'고 적어줄 때 나는 늘 이 호명이 반갑고 감사하고 뿌듯하다. 네, 제가 함께했죠. 이 책을 저 아니어도 만들 수 있는 사람이 있었겠지만, 그래도 제가 만들어서 이렇게 좋은 책이 되었답니다. 내 이름을 걸고 자신 있게 소개하고 싶은 마음이 더 크다.

편집일은 왜 '그림자 노동'이라고 불리는 걸까. 책 특성상, 저자와 독자의 일대일 소통이어야지, 그 사이에 편집자가 보이면 안 된다고들 한다. 물론 책이라는 '텍스트' 안에서는 그렇다. 다만 보이지 않는 길 위에서 저자를 독려하면서 램프를 들고 앞장서 한 걸음씩 함께 걸었던 편집자의 존재를 굳이 숨길 이유는 없지 않을까(아 물론 판권에서 여러 가지 말 못할 이유로 이름을 빼고 싶은 책이 있다는 건…… 슬프게도 인정한다). 책의 페이지에 실린 내 이름을 볼 때마다 보람을 느끼는 나는, 퇴사하면 책임편집자 이름을 빼버리는 못된 관행(더는 이 회사 직원이 아니라는 이유)에도 반대한다. 내가 성심성의껏 만든 책에 아무 상관없는 사람들이 버젓이 판권 면을 채우고 있는 책을 볼 때마다 드는 상실감이란……. 결국 남는 건 이름인데 말이다.

편집자의 이름이 판권에 명시될 때 분명히 어깨에 지어지는 무게감이 있다. 내 이름을 걸고 나가는 책이 독자로부터 비난을 받거나, 사회에 물의를 일으키거나, 저자의 마음에 조금이라도 거리끼는 책이 되지 않도록 하겠다는 것. 무엇보다 이 책을 내용으로 보나 실체로 보나 부끄럽지 않은 수준의 책으로 만들었다는 나만의 자부심을 지켜야 하고, 그런 뒤에야 책을 홍보할 때 내 온 맘을 다해 매달릴 수 있다. 어디에서든 "○○○ 책을 만든 편집자"라는 소개를 받을 때마다 쑥스러움을 저멀리 던져버리고 흐뭇한 미소로 "네, 맞습니다. 읽어주셔서 감사합니다"라고 여유로이 답변하고자 노력한다. 우리는 우리의 자랑이 더 멀리 닿을 수 있게 이야기할 필요가 있다.

편집자가 이름을 함께 걸 때, 저자도 편집자의 역할을 인정하고 존중하게 된다고 믿는다. 처음 편집일을 시작했을 때, 저자와의 관계가 어려웠던 데에는 '○○○ 선생님'이라고 존칭을 붙이는 게 한몫했다. 나는 일개 사원인데 함께 일해야 하는, 때로는 회사의 입장을 전달해야 하는 상대가 무려 '선생님'이라는 존재라는 게 버겁고 어려웠다. 그래서 혼자 원칙을 정했다. 나는 더는 '선생님'이라는 호칭을 쓰지 않겠다. 내가 하는 일로써 '편집자'가 되었듯이 상대도 하는 일로써 '작가'일 뿐이다. 이렇게 마음먹고 나자 모든 것이 한결 쉬워졌다.

책 출간이라는 공동 목표를 세우고 작가는 작가의 입장에서 자신의 역할을 수행한다. 나는 작가와 협업하는 편집자로서 내 역할을 수행한다. 편집자의 목표는 좋은 책이 더 많은 독자를 만나도록 만드는 것이지, '선생님'의 기분을 위함이 아니기에 내 업무가 아닌 부분에서는 분명히 선을 그을 수 있다. 호칭 하나로 나의 위치가 재정비된 느낌이었고 그 태도는 책을 만들고 의견을 조율하는 부분에도 분명히 좌우했다. 함께 타고 있는 이 배의 방향키를 편집자인 내가 쥐고 있는 것을 서로가 인지했다. 그러고 나니 편집자의 의견을 먼저 묻고 상의해주는 작가님들을 만났다. 편집자의 판단을 믿고 의지하는 작가님들에게 그 기대를 배반하지 않고자 나도 나의 일에 최선을 다한다. 그런 일의 순환이 좋다.

편집자는 책을 만들면서 크게 세 주체를 상대한다(작가만이 유일하다고 믿거나 혹은 스스로 속거나 혹은 바로 앞에 앉은 회사 상사의 눈치를 보면 이 사실을 잊기 쉽다). 첫번째는 나에게 월급을 주며 책을 만드는 데 실질적 지원을 하는 회사, 두번째는 회사 밖에서 나와 함께 작업하고 있으면서 동시에 책의 처음이자 끝인 작가, 그리고 마지막으로 내가 만드는 상품의 가치를 알아보고 구매할 독자. 편집자가 이중 어느 쪽에 무게를 두고 작업하는지, 누구를 더 생각하는지에 따라 책의 방향은 매우 달라질 수밖에 없다. 물론 셋의 관계를 떼려야 뗄 수 없는 것도 맞다. 이익을 추구해야 하는 회사와 이익과 더불어 '자신'을 걸고 작품을 쓰는 작가, 그리고 다른 사정보다 자신의 욕구를 충족하는 책을 기대하는 독자. 정답은 없는 길 위에서, 편집자는 무게 추를 이리저리 움직이며 책을 만들어간다.

다만 셋의 관계를 깨뜨리지 않기 위해 편집자가 명심해야 할 부분이 있다. 회사 밖 작가의 의견은 '나'라는 편집자를 통과해야만 회사에 전달되기 때문에, 내가 어떤 뉘앙스로 전달하느냐에 따라 작가에 대한 회사의 입장은 달라질 수밖에 없다. 작가의 뜻을 감정적으로 받아들이거나 소통에 미숙해 괜한 오해를 만드는 편집자로 인해 책을 만드는 과정은 물론 책을 출간한 이후까지 회사 내에서 저자가 인정받지 못하게 되는 경우가 있기도 하다. 설령 작가의 감정이 정말 자신에게 영향을 미쳤고 그일을 보고해야 하는 경우라면, 방금 받은 그 감정을 잠시 식히는 타임을 가진 뒤에, 책을 만드는 입장에서 무엇이 최선일지 나름의 판단을 한 후에, 회사에 보고해도 늦지 않다.

경력이 없을 적에는 이유 없는 화살이 나를 향해 꽂힐 때 그대로 타격을 입었다. 시간이 지나고 이런 일들의 유형이 어느 정도 가려지자(나의 잘못이라기보다 단지 내가 눈앞에 있다는 이유로 벌어지는 일들이었다), 쏟아지는 화살을 투명하게 통과해버리거나 때론 맞받아치며 불편함을 직접적으로 드러낼 수도 있게 되었다(맞받아친 뒤 그 순간을 100번은 다시 재생해보는 타입이지만 그럼에도 바로 맞받아치지 않은 순간보다는 재생 수가 적다는 걸 기억하자).

그리고 독자를 대신해 생각하고 독자를 위한 선택과 방향을 위해 작가와 회사를 설득하고자 노력한다. 책의 내용과 관련해 타협되지 않는 지점에서는 작가의 의견을 미련 없이 따른다. 만드는 과정에서 아무리 치열해도, 판권에 내 이름이 있다 하더라도, 이 책은 작가의 책이니까. 최종 판단과 책임은 작가의 몫이다.

책을 위한 회사의 지원을 약속받아야 할 때는 작가와 내가 열심히 작업한 결과에 대해 회사 내부를 최대한 설득한다. 회사 안에서는 작가와 내가 한 팀으로 움직이는 모습이 보여야 한다. 매번 갈등을 일으키는 사람이 아니라, 그렇다고 매번 침묵 속에서 얼굴이 어두워져만 갈 것도 아니라, 의견을 가감 없이 전달하고 최선의 결과를 위해서는 눈앞의 갈등도 피하지 않고 해결하고자 행동하는 사람이 되자.

미움받을 용기가 있다면 나는 좋은 결과를 위해서 남김없이 쓰고 싶다. 때론 독자를 위해, 때론 저자를 위해, 때론 회사를 위해서 미움받을 용기는 얼마든지 있다.

헷갈리면 안 된다. 우리는 '일'을 하기 위해서 만났다는 것을. 아무리 사적인 대화를 많이 나누었더라도 결과가 좋지 않으면 서서히 멀어진다. 저자는 더 나은 결과를 만들어줄 편집자, 회사를 찾아간다. 회사도 마찬가지. 팔리지 않는 작가를 오래 지켜보지 않는다. 편집자는 설득할 힘이 사라진다. 그런 일들에 일일이 상처받지 않아도 된다. 일이란 그런 성질의 것이기에.

그러니 좋은 사람과 좋은 결과물을 내고 싶다면, 도망치지 말고 있는 힘껏 부딪쳐보자. 돌아봐도 후회가 없도록 하는 것만이 어쩌면 나에게 주어진 몫일지도 모르겠다.

이야기를 찾아
국경을 넘는 사람들

편집자의 메일함에는 국내 에이전시에서 오는 레터들이 있다. 언어권별로 나뉘고 성인용과 어린이용이 나뉘어 온다. 틈틈이 에이전시의 레터들을 살펴본다. 정기적으로 레터를 보내주는 에이전시는 해외 저작권사를 담당하며 국내 출판사들에게 출판권을 중개하고 계약 체결시 일정 수수료를 받는다. 첫 직장에서 편집장님과 함께 미팅 순회를 다녔던 곳. 책을 좋아하는 사람이라면 출판사와는 또 다르게 '에이전시'라는 공간이 무척 매력적으로 다가올 것이다. 해외에서 비행기를 타고 도착한 다양한 언어의 책들이 가득 쌓여 있던 미팅룸의 풍경은 동경해오던 외국 도서관 같았다.

에이전트는 해외 저작권사로부터 레터를 받아 국내 출판사에서 관심을 가질 만한 책의 소개 자료를 간단히 번역해서 전달한다. 지구 반대편 누군가의 시간을 녹여 쓴 책들 가운데 의미든 재미든 화제성이든 국경을 넘고 언어권을 벗어나 소개될 기회는 이렇게 에이전시를 통해서 생기기도 하고, 혹은 편집자가 아마존이나 뉴스 등 정보를 접하다가 발견한 책을 에이전시에 판권(출판할 권리) 문의로 문을 두드리면서 이어지기도 한다. 이런 과정은 외서 기획에서 숨쉬듯 자연스러운 일이며, 해당 외국 출판사까지 연락이 닿아 검토용 원고를 받으면 이미 그 순간부터 마음이 벅차오르기도 한다. 동시대를 살고 있는 사람들이 저마다의 자리에서 일을 하는 것만으로 이렇게 순식간에 연결된다는 것이 놀랍지 않은가.

몇 달 전 아주 오랜만에 에이전시 미팅을 갔다. 정통이나 본격 미스터리보다는 도메스틱 스릴러* 쪽을 소개받기 위해서였다. 넷플릭스, 왓챠로 봇물 터진 콘텐츠 시장에 맞춰 영상 매체

---

* Domestic Thriller, 가정에서 일어나는 일을 소재로 쓴다고 하여 가정 스릴러로도 번역된다. 여성 작가들이 주로 쓰고 여성 독자들이 읽는 장르이기도 하다.

로 판권이 팔린 작품, 흡입력 있는 이야기만으로 승부를 보는 작품을 찾고 싶었다. 『킬링 이브』, 『커져버린 사소한 거짓말』과 같은, 주로 여성이 복수하는 짜릿한 카타르시스가 있으면서 오로지 재미만을 추구하는 소설을 추천해주길 사전에 부탁해두었다.

저작권팀 과장님과 동행한 미팅에서 에이전트분들은 자신이 맡은 책을 한 권씩 소개했다. 한 책당 저자 소개와 함께 줄줄 읊어주는 줄거리를 듣고 있자니 여긴 마치 이야기 주머니가 가득한 도깨비들의 세계가 아닌가 싶었다. 집중해서 듣다보면 말하는 이가 소개 자료만 보고 이야기하는지, 책 한 권을 직접 읽고 진짜 재밌어서 설명해주는지 선명하게 전달된다. 책을 읽고 그 내용을 재밌게 이야기해주는 재능이 있다면, 도서 에이전시 쪽으로 직업을 고려해보는 것도 좋지 않을까? 물론 외국어에 능통해야 하고 저작권을 다루는 업무에도 상당한 지식이 필요하겠지만 말이다.

미팅 후 회사로 돌아와 검토를 희망한 도서들의 검토용 원고 파일을 메일로 받는다. 이중에서 번역가에게 상세 검토를 맡길 만한 책이 있을지 한번 더 고민해본다. 아마존에 들어가 수십만 부 판매되었다는 책의 리뷰를 살펴본다(장단점을 정확하게 써둔 독자들의 속시원한 리뷰를 보고 있자니, 칭찬 일색인 국내 온라인 서점의 리뷰들은 어쩐지 씁쓸한 기분이 든다). 이전에 국내에 출간된 다른 책과의 유사점, 차별점도 살피고 독자가 예상되는지, 국내 독자에게 심리적 거부감은 없는 소재일지(주인공이 국내 독자에게 공감을 얻을 만한 캐릭터여야 하고 매력적으로 다가가야 한다. 아동 학대 등 폭력적인 장면이 자주 등장하고 상세히 묘사된 소설은 피한다. 영상보다 글이 더 실감나기 때문에 읽기가 힘들어진다. 시대적 배경이 달라 설명이 많은 소설도 피한다. 결말이 비극적인 것도 지양한다) 최대한 샅샅이 찾아본다.

검토할 만하다는 편집부의 판단이 서면, 그 작품과 잘 어울릴 번역가를 섭외한다. 누가 검토하느냐에 따라서도 재미를 느끼는 부분도 다르고, 매력적이라 여기는 방향도 다를 수밖에 없다(이렇게 과정마다 하늘에 맡기는 듯한 기분이 드는 것도 참 신기하다). 주로 그 분야를 오래 작업했거나 최근 비슷한 작품을 작업한 번역가를 찾는데, 비교할 만한 작품을 이미 알고 있다는 전제하에 새 타이틀의 장단점을 파악하기도 수월하기 때문이다.

상세 검토서를 의뢰하는 기간은 2주, 책 한 권을 대략 일주일간 읽고, 내용 요약 및 유사도서, 출간시의 SWOT 분석, 검토자의 주관적 의견, 샘플 번역 원고(문체를 살필 겸 결정적 장면의 분위기를 볼 겸)를 작성한다. 검토 작업을 마치고 계약이 성사되면 상세 검토를 한 번역가와 번역 계약을 하는 게 이 분야의 룰이다. 검토는 하나의 프로젝트를 맡는 첫 단계라서 번역가들은 대체로 성실하게 검토서를 작성하고 편집자는 그 검토서로 판단의 기준을 잡는다. 단, 번역 의뢰가 밀려 있는 베테랑 번역가들은 검토서 작업을 하지 않으니 주의하자.

검토서 작업은 대개 번역 10년 차 이하, 막 활발히 활동하는 분들이 주로 한다. 번역을 막 시작한 분들은 흥미롭게 본 원서의 검토서를 작성해서 출판사에 투고 형식으로 소개하기도 한다. 이때 주의해야 할 점은 판권이 살아 있는지 확인이 안 된 원서를 소개할 수 있다는 점. 투고된 검토서가 마음에 들었다면 에이전시에 판권 문의부터 두드리고 시작하자.

출판사는 번역가들의 일을 중개하는 번역 에이전시를 통해 검토를 의뢰하고 번역 계약을 하기도 한다. 마감 기한 관리 및 번역 품질에 대한 피드백을 관리해주는 덕분에 한결 수월하게 작업하도록 도와주는 분들이다. 더불어 출판사의 번역료 지급 문제도 관리해주니 소속 번역가분들에게도 한결 도움이 될 듯하다. 출간된 책이 포트폴리오로 쌓이는 번역 5년 차까지는 번역 에이전시를 통해 소개받는 분위기다. 편집자는 평소 책을 읽다가 마음에 드는 번역을 만나면 그 번역가의 이름을 기억해두었다가 일을 의뢰하기도 한다. 또 동료 편집자들 알음알음으로 성실한 번역가님들을 소개받기도 한다. 지금껏 일해본 번역가님들은 대체로 마감을 칼같이 지키며 텍스트에 대한 책임감이 강한 분들이었다. 편집자가 놓칠 뻔한 의미 혹은 재미를, 저자와 편집자 사이에서 길을 내며 찾아주신다. 업무 강도에 비해 작업료가 그리 높지 못한 작업(돈이 많이 흘러드는 출판업계가 되면 좋겠다)을 꾸준히 하고 계신 이분들은 대부분 자신의 일을 사랑한다. 책 한 권을 두세 달 동안 마주하고 단어 하나하나를 바꾸는 작업을 하면서 문장의 숨은 의도를 유추한다. 작가의 작품이 번역가인 자신의 몸을 통과해 나올 때 왜곡 없이 보다 정확하게 전달하고자 한다. 이렇게 회사 밖 동료를 하나 더 얻고 편집자는 한 권의 책을 함께 만들어간다.

약 한 달 전쯤, 에이전시 뉴스레터로 일본의 '이 미스터리가 대단해' 2020 수상작이 소개되었다. 일본 소설에 관심이 많은 독자라면 익숙할 이 이름의 상은 일본의 한 잡지사의 주최로 독자, 평론가, 대학의 미스터리 동아리 등 추리소설 팬들이 그 해 읽은 소설에서 베스트를 뽑은 투표를 반영하여 베스트 10을 선정하는 방식이다. 그해에 출간된 미스터리 신간만을 대상으로 하는 상이 아닌데, 이 투표와 동시에 신인에게만 주는 '대상'이 있다. 에이전시 뉴스레터로 소개된 것은 2020년 대상 수상작이었다. 이렇게 국내 독자에게도 잘 알려진 상인 경우에는 공개 오퍼로, 국내 에이전시 어디에서나 동시에 출판사들에게 자료 메일을 보낸다. 그렇게 관련 메일 여러 통을 열어보던 중, 한 에이전시 레터에서 오퍼 마감일이 빨간 볼드체로 적혀 있는 것을 봤다. 아…… 어디선가 오퍼가 들어온 모양이다. 작품을 소개한 에이전시 중 한 에이전시를 골라 검토용 원고를 요청했다. 그리고 몇 안 되는 내 머릿속 일본 소설 번역가분들 중 한 분에게 검토 의뢰를 했다. 바로 회신이 왔다.

"어쩌죠. 정말 딱 한 시간 전에 타 출판사에서 해당 책의 검토 의뢰를 수락했지 뭐예요."

갑자기 숨이 가빠지고 손에 땀이 난다. 여기저기 내로라하는 번역가분들에게 연락을 돌리고 있을 편집자들의 분주한 손가락이 떠오른다. 무엇보다 원고를 검토하고 내부 논의를 거치고 오퍼 금액을 정하는 등의 과정을 오퍼 마감일 전에 신속하게 진행해야 한다.

한숨 돌리고 또 누가 있었지 싶어 그간 재밌게 읽은 일본 미스터리 소설을 검색해본다. 한 번도 연락해본 적 없지만, 좋은 작품을 많이 번역하셨으니 받아주시기만 하면 좋겠다 싶은 번역가분이 눈에 띈다. 블로그를 본 적 있는 것 같은데…… 다시 검색. 찾았다! 한껏 흥분된 마음을 가라앉히고 메일을 열심히 썼다. 번역 작품을 보고 연락해온 편집자라고 하니 번역가님도 감사하다는 말씀을 전해주셨다. 빠듯한 일정의 검토 의뢰임에도 불구하고 가능하다는 고마운 말씀도.

그렇게 원고 검토 의뢰를 무사히 마쳤던 그날. 내 몸은 책상 앞에 앉아 평소와 다름없는 모습이었지만, 내 마음은 총성 없는 전쟁터를 한바탕 휩쓴 기분이 들었다.

처음 연락해본 번역가님은 일주일 만에 성심성의껏 검토를 해주셨는데 안타깝게도 소설에 대한 내부 논의는 통과되지 못했다. 국내 독자들이 즐겨 읽을 만큼 작품성을 지닌 작품도, 우리 회사에서 꼭 출간해야 할 작품도 아니었다. 그럼에도 편집부 내부에서 같이 논의해본 이야기들은 앞으로 우리 팀이 소설을 기획할 때 염두에 둬야 할 지점이 무엇인지 깨닫게 했다.

이렇게 외서 출판 기획은 물리적 공간을 뛰어넘어 오로지 동시대성으로 진행이 된다. 어떤 인연으로 지구 반대편 작가와 인연을 맺을 때, 국내 독자들에게 이 발견을 소중하게 소개하고 싶은 마음이 크다. 특히 처음 소개되는 작가라면 출판사에서도

'론칭' 하는 공력을 더 쏟기 마련이다. 한 권의 책이 되기까지 몇 번의 허들의 넘어야 했는지 모른다. 쉽게 상상하기 어려운 몇 겹의 인연이 닿아 한 권의 번역된 책이 오늘도 탄생하겠지.

한국어권이라는 이 작은 나라에 사는 한 명의 독자로서 내게 주어진 몫은 그저 오늘도 감사히 읽는 것이다.

4부

당신을
만나러
갑니다

퇴사,
그 이후의 후유증

인정하겠다. '열심병'.

답도 없는 병에 걸려버렸다. 누구도 아닌 내가 나를 괴롭히는 병. 모든 책임이 다 내게 있는 것 같은 병. 지구를 업고 있는 듯 땅으로 꺼질 듯한 병. 대체 누가 그런 걸 나에게 맡겼다고?

요즘은 마음이 너무 불안하고 감정이 널을 뛴다. 바깥으로는 아무렇지 않은 척하면서. 왜일까. 그 누구도 나에게 뭐라고 하지 않는 환경에서, 왜 나는 자꾸 소녀 가장의 마음이 되는가. 이 달 단행본 매출을 보며 나도 모르게 한숨이 나오고, 자려고 누우면 자꾸 심장이 두근두근 터져나갈 듯 뛰며, 만나자는 작가님의 연락에 어떤 이야기를 드려야 함께 작업할 수 있을지 부담감을 느끼며 만나기 직전까지 궁리에 궁리를 거듭하는지. 왜 주말에도 헛된 시간을 보내면 안 된다는 압박을 느끼는지. 문제없이 잘되어가는 프로젝트에도 조마조마한 마음이 되고 마는지.

이런 불안과 강박을 느끼는 걸 전 직장 동료인 K 언니에게 털어놓자, 바로 대꾸가 날아온다.

"(전 직장명) 병이야. 이직하고 새 책을 마감하기 전까지 나도 그랬어."

"……에?"

할말을 잃었다가 정신이 퍼뜩 들었다.

바로 전 직장은 나의 출판 경력 중 가장 오래 다닌 회사였다. 경쟁을 조장하는 조직문화 속에서 닮고 싶지 않았지만 서서히 물들어버렸던 그곳. 매출로 매달 줄을 세우고 '매출이 인격'이라는 말을 귀에 못이 박이도록 들었던 곳. 매출 목표를 채워도, 채우지 못해도 누구도 웃을 수 없었던 분위기. 아등바등 책을 내고 잠시 숨을 돌리려고 하면 빨리 돌고 온 네가 한 바퀴 더 돌고 오라고 등 떠밀어주던. 어리둥절 왜인지도 모른 채 하늘 높이 걸린 목표 매출을 보고 뛰고 있는데, 뒤에서 걷는 사람을 보면 원망하고 억울한 심정이 들던 곳.

그런 억울함에 사로잡히기 싫어서 미친듯이 앞을 향해 질주하는 컨베이어 벨트 위에서 뛰어내릴 수밖에 없었던 지난가을. 잠시 쉬었다가 지금의 회사로 이직했다.

더는 그렇게 살 수 없을 것 같아서.

그런 내가 그 회사에서 아마도 다시는 없을 판매 부수를 기록한 책들을 만들어내며 성취감 비슷한 것을, 매우 부끄럽게도 계속 붙잡고 있었나보다. 그보다 더 잘해야 한다고, 그곳을 나왔으니 지금은 더 잘되어야 한다고 스스로에게 엄한 소리를 내고 있었다(내 귓가에만 들려오던 그 소리). 아니, 대체 누가 그런 걸 신경이나 쓴다니.

그토록 싫었던 조직을 닮은 나를 보고 있자니 한심해서 자꾸만 숨고 싶다. 스스로를 가만두지 않는 나에게 시달리는 건 정말 괴롭다. 잘하고 있다는 격려의 말은 귓가를 스칠 뿐이고, 뒤돌아서는 나에 대해 다른 평가를 하진 않을지 의심을 거두기 어렵다. 하루를 쪼개고 뇌를 분산시켜 여러 엔진을 한꺼번에 돌리느라 공회전으로 에너지가 쑥쑥 닳아버린다.

하루 중 가장 오랜 시간을 보내는 직장이란 곳이 그래서 중요하다. 숨쉬는 공기 속 미세먼지처럼 나도 모르게 보고 듣고 닮는다. 오래 버틸수록 떼어내기 힘들어진다. 입버릇처럼 내뱉는 한숨, 사사건건 불평불만을 달고 사는 사람 등을 보며 인상을 찌푸리다가 어느 순간 나에게서 그런 모습을 발견할 때면 소스라치게 놀란다(어디서 싫은 소리가 들려오면서 소란할 때면 괜스레 새가슴이 되는 것도…… 너무 슬프다). 월급이 밀려 사장에게 눈물로 호소하고 나와야 했던 첫 직장 이후로, 매번 퇴사의 이유는 그곳에 있는 내가 정말 불행하기 때문이었다.

내가 어떤 책을 만들어도 회사의 유일한 마케터는 책을 읽지도 관심을 갖지도 않는 사람이라서 함께 일할 수 없어서 나왔고, 합리적 결정 과정 없이 위에서 던져주는 원고만 받아서 출간해야 하는 곳에서는 기획을 하고 싶어서 탈출했다. 매출에 쫓겨 책을 만드는 의미를, 오래 읽혀야 하는 책의 생명을 스스로 깎아내리기 싫었던 그곳을 힘들게 벗어나놓고는 하루살이처럼 생존을 위해 무리한 일정을 반복하던 그때로, 자꾸만 그때 하던 대로 조바심을 내며 돌아가려는 나를 나는 오늘 기어코, 멈춰 세우고 만다.

무수한 시행착오를 겪으며 이제 버전 5의 직장생활을 시작하지 않았는가. 내가 가진 경험은 누구도 빼앗을 수도 없는데.

불쑥 찾아오는 불안한 마음을 찬찬히 달래본다.

　스스로를 향한 의심 대신, 하루하루를 빼곡히 채운 내 눈앞 다이어리의 기록을 믿자. 지금 발 딛고 있는 곳을 보자. 그렇게 또 하루를 시작해보자.

　예상치 못한 퇴사 후유증을 참 길게 겪는 중이다.

내가 나를
좀더 믿어주면 좋겠다

편집자도 회사에 소속되어 월급을 받고 일한다(이렇게 써놓고 보니 너무 당연하다). 아침에 출근하고 야근도 하고. 그런데 분명히 다른 회사원과는 다른 사고, 다른 방식으로 일을 하는 지점이 있다. 그래서 좋기도 하고 고통받기도 한다.

편집자가 하는 일은 창작자와 회사원 사이 그 어디쯤이다. 창작자 마인드로 너무 기울면 "나가서 작가를 해"라는 소리를 듣기 쉽고, 회사원 마인드('워라밸'이라 말하는 그것)로 일하면 일을 하긴 하지만 어딘가 부족한 부분을 만나게 된다. 이를테면 카피를 쓰는 일이 오늘의 업무라면, 무언가 쓰여 있다는 것이 전부가 아닌 것. 그 책에 어울리는 핵심 문장을 생각해내기까지 생각을 묵히는 시간이 편집자에게 필요하다. 그렇다고 만족스러운 문장이 나올 때까지 하염없이 기다릴 수는 없다. 책은 출간되어야 하는 일정이 있고, 그러기 위해 마감이 있으며, 책이 나와야 서점에 내보내고 판매하고 돈을 번다. 결론은 일정에 맞춰 최대치의 지점에 도달하도록 일을 해내는 것이 편집자의 일이자 능력이다.

회사에 다니는 동기라면 나의 생계를 책임지는 소중한 '일자리'라는 점에서 누구도 다르지 않다. 다만 그 목표를 어디에 두느냐에 따라 회사생활의 태도에 차이가 확연히 드러난다. 출퇴근에 의미를 두는 '단순한 밥벌이' 말고 그 이상의 자기만의 즐거움이 있을 때 괴로움도 견디며 지속할 힘이 생길 수 있다.

나는 출퇴근만으로는 만족할 수 없는 부류의 사람이다. 월급이 나오는 소중함은 알지만 아직은 '월급'만 바라보며 버티는 직장인이 되고 싶지 않다. 특히 편집자라는 직업은 일의 성격 자체가 내가 내 일을 통제하고 있다는 통제감, 주도적으로 자신을 신뢰하며 판단을 내리고 일하는 자기효능감을 느끼도록 한다.

이중 통제감에서는 일하면서 통제할 수 있는 부분(일정 확인! 또 확인! 마감에 무리 없도록 자신의 일정부터 지키며 일하기)과 없는 부분(나 이외의 타인으로 인한 마감 일정 변경)을 잘 구분해야 한다. 모든 걸 자기 탓으로 느낄 필요는 없지만, 어떻게 하면 일이 효과적으로 잘 돌아가게 할 수 있을지 고민하며 저자나 디자이너가 마감을 지킬 수 있도록, 또 늦어진 일정을 당길 수 있도록 유연하게 나머지 일정을 조율하는 건 담당 편집자 자신의 몫이다(강조하지만 담당 편집자는 진행을 맡은 책의 운명을 책임지는 사람이다. 어쩔 수 없을 때도 물론 있겠지만 끝까지 살려보고자 노력하는 사람이다).

편집자로 일하면서 자기효능감을 느낄 때까지는 적어도 5년의 시간이 필요한 것 같다. 물론 신입 때부터 소소한 만족감을 느낄 수 있지만(대체로 다들 바쁘기 때문에 면지 색이라거나 소제목 등 사소한 일까지 판단해주지 않는다), 머릿속으로 어떤 콘셉트를 정하고 작업을 진행하고 표지나 카피 등 자신의 의견이 다수 반영되어 한 권의 책이 완성될 때 그 기쁨은 크다. 특히 기획 단계부터 저자를 발굴한 경우, 독자의 반응에 대한 기대만큼 성과가 나온 경우 더욱 그렇다.

원고를 가장 잘 아는 담당 편집자의 의견은 모든 회의에서 가장 존중받는다. 표지 시안 하나를 보더라도 스스로 무엇이 가장 콘셉트와 작품에 맞는지 판단한 뒤, 자기 의견을 설득력 있게 전달해 자신이 원하는 회의 결과가 나오게끔 이끄는 게 담당 편집자의 역할이다.

이렇게 일을 하는 편집자에게 회사생활이 어려워지는 상황은 자연스레 그려진다. 담당 편집자인 내 판단을 신뢰하지 못하는 팀 분위기, 원고를 아무리 읽어도 회사가 원하는 방향의 책을 만들기가 불가능할 때(분야가 안 맞을 수도 원고가 잘못했을 수도 있지만 이런 경우는 대부분 회사가 안 맞는 거다), 편집자가 판단했음에도 합리적 논의 없이 타 부서 혹은 누군가(대체로 윗분)의 의견이 더 중요시되는 조직 내 위계 등이 편집자를 힘들게 하기도 한다.

한때 나는 회사 경영자들의 윤리적 감각이 뒤처져 있는 게 힘들기도 했다. 무엇이 조직을 위한 일인가에 대해 실무자와 경영자의 판단이 다를 수는 있다. 그렇지만 설득과 소통 없이 일방적 '명령'으로만 진행되는 일이 쌓일 때 직원이 느끼는 무력감이란 이루 말할 수 없다. 그런 무력감으로 답답하게 짓눌리다가 결국 조직을 박차고 나가게 된다(사람 귀한 줄 모르는 조직은 답이 없다).

일상으로 돌아와 일하다가 문득 '이렇게까지 애써야 해?'라는 생각이 들 때마다 나는 나를 다독인다. 회사보다는 '나'를 위해 일할 수 있도록 방법을 탐색한다. 일을 잘되게 하는 일이 나를 위한 일. 인생을 길게 볼 때 내가 만든 책들이 나의 포트폴리오가 되고, 그걸 바탕으로 더 나은 자리에서 일할 수 있는 기회가 주어진다는 걸 매일 깨닫고 있다.

지금 당장 힘들게 느껴지는 이 과정을, 한계에 다다른 듯한 일을 꾸역꾸역 무사히 통과하면 우리는 더 멀리에 목표를 설정할 수 있을 것이다. 애써 누군가에게 마음을 쓴 선의는 다른 누군가로 전달되어 뜻밖의 좋은 일을 만들어준다. 회사에서 하는 모든 일은 내 삶에 경험치로 쌓일 것이고, 그건 내일의 나에게서 누구도 빼앗아갈 수 없는 단단한 자신감이 될 것이다.

[경고]
이 선 넘으면 침범입니다

몇 년 전 아침, 출근하자마자 저자로부터 문자를 받았다.

"시간 날 때 전화 주세요."

이모티콘도 없는 건조한 문자는 그 자체로 싸늘한 느낌을 한껏 준다. 심호흡 한번 하고 책상 위에 놓인 전화기를 들어 버튼을 눌렀다. 통화 연결음 너머로 목소리가 들리는 것 같다. 책 작업을 진행하는 내내 편집자의 의견을 받아들이기보다 본인의 요구사항을 내는 데 거리낌없었던 그였기에, 어느 정도 각오를 한다.

곧이어 들려오는 싸한 목소리. 어제 외부로 보낸 홍보자료에 대한 불만이 약 10분간 귀가 따갑게 들려온다. 흩어지려는 정신 줄을 간신히 붙잡고, 그가 원하는 것을 열심히 적는다. 이럴 땐 꼭 팀장님이 부재중이다. 수정해서 메일로 보내주기로 하고 전화를 끊는다. 고요한 사무실, 내 통화 내용을 모두가 다 들었을 것이다. 그들의 키보드 소리가 유독 바빠지고 크게 퍼지는 듯하다.

편집자로 일하면서 가장 힘든 걸 꼽아보라면, 나는 편집자가 하는 일의 영역이 침해받을 때가 힘들다. 편집자는 회사 바깥에 있는 저자의 의도와 의견을 가장 잘 이해함과 동시에 내부의 커뮤니케이션을 조율하는 사람이자, 무형의 글에서 책이라는 유형의 상품을 기획하고 만들어내는 전문가이다.

물론 원고는 저자가 쓴다. 하지만 저자조차도 다시 보기 괴로워하는 초고를 일단 검토하느라 읽고, 출간 진행 결정이 나면 책이 나오기까지 대여섯 번을 더 꼼꼼히 샅샅이 읽는 사람은 편집자다. 자신의 글이라서 볼 수 없는 부분을 제삼자의 시선으로 확인하고 교정교열을 하고 사실 확인을 하며 글의 완성도를 높이는 사람이 편집자다.

편집자는 저자의 생각을 글로 만나는 독자들이 어떤 방해도 오해도 없이 잘 받아들일 수 있도록 정확하고 매끄러운 문장을 만드는 것을 목표로 한다. 책으로 출간되었을 때 독자가 읽으면서 떠올릴 질문들을 미리 앞서서 저자에게 물어보고 글만으로 모든 것이 문제없이 해결될 수 있도록 만든다. 여기에 편집자의 일이 힘든 이유가 있다.

'문제없이.'

문제가 생기면? 책과 관련해서는 어떤 영역이든 모든 게 편집자의 잘못이 된다. 편집자는 완전무결한 텍스트를 원하는 독자들에게 잘못된 정보나 논리의 오류가 생기지 않도록 안테나를 세운다. 저자가 자신이 읽은 책 몇 페이지의 몇 줄을 인용했다면 그 책을 찾아 그대로 적은 것인지 대조하여 확인하고 출판사에 연락해 허락을 구하고 절차를 밟는다. 오탈자 정도는 저자－편집자－디자이너 사이를 오가면서 원래 원고에 없던 것도 생기는 자연발생적(?)인 문제라 치더라도, 원고에 따라 어디서 어떤 문제가 생길지는 경력이 10년 훌쩍 넘은 지금도 예측 불가능하다.

그뿐인가. 원고를 읽고 재구성하고 책의 콘셉트를 세우고 그에 따라 글의 제목과 부제목을 바꾸고 저자에게 보완할 원고를 추가 집필 요청도 한다. 원고 교정을 진행하는 동안 디자이너에게 본문 디자인*과 표지 디자인**을 발주한다.

표지 시안이 나오면 편집부의 의논을 일차적으로 거치고 책을 판매할 마케터들과 저자와 공유하고 의견을 조율하고 최종 표지를 선택한다(아직 편집자가 하는 일을 열거하려면 많이 남았지만…… 일단 여기까지만 할까).

일련의 과정에서 편집자인 나의 역할과 능력에 대해 저자가 강한 불만과 의구심을 품을 때는 어디까지 받아들여야 할까. 편집자가 판단하고 결정해야 할 일들을 저자가 나서서 선을 넘는 경우 마음속 갈등이 생긴다.

"내 주변에서 표지는 이게 제일 좋대요."
"다 별로여서 손이 갈 만한 표지가 없다는데요."

이런 소통은 매우 어렵다. 이성적인 판단의 말이 아니어서 근거를 대기 어렵다. 그럼 어떻게 수정하면 좋을지 구체적인 이미지를 그리도록 유도한다.

---

* 책을 펼쳤을 때 어떤 서체로 어떤 간격으로 한 페이지당 몇 줄을 배치할 것인가, 페이지 번호와 여백 등 모든 것이 디자인이다.
** 디자이너에게 '표지 만들어주세요, 우리 책은 이런 내용이에요'에서 그치는 정도가 아니라 책이 표현해야 할 분위기, 디자인 아이디어, 색감, 저자의 캐릭터 등 많은 이야기를 해야 디자이너의 원고 이해도가 더욱 높아진다.

편집자는 저자의 지인들이 가장 무섭다. 편집자들이 모이면 가장 많이 하는 말이다. 책을 만드는 전문가는 믿지 않고 가까운 사람의 말들을 여과 없이 전달하면 거기서부터 일은 꼬이게 되어 있다(가끔 저자들이 다른 회사에서 내는 책의 표지를 보여주고 의견을 구할 때면 매우 조심스러워진다. 나도 누군가에게 '저자 지인'이라는 명백히 제3자인 사람으로 괜한 의견을 전달하게 될까봐. 편집자 동료 여러분, 우리 서로서로 잘 부탁해요).

가끔 적정선을 함부로 넘는 사람들을 만난다. 대부분 편집자와의 협업에 익숙하지 않아 편집자와 어떻게 관계해야 하는지 모를 때가 많다. 그러나 때로는 모르는 게 죄다. 아무리 좋은 글을 쓴들, 독자들이 좋아한들, 편집자를 괴롭히는 데에 타고난 분이라면 나를 보호하기 위해서라도 절대 일로 만나지 않도록 노력한다.

다행히 연차가 쌓일수록, 정신적 충격은 덜하다(이런 것이 산전수전 겪었다는 말인 걸까). 처음에는 어떤 이야기도 듣지 않을 상대에게 말이 길어지다가 굴욕적으로 "죄송합니다"를 연발했지만(저자 선생님은 정말 너무 어려운 존재였으므로), 그나마 나아진 건 점점 '나'를 지키는 방법을 배운 것이다. 상대는 선을 넘었고 나는 기분이 나쁘지만 하루의 컨디션을 좌우할 정도로 크게 신경을 쓰지는 않는다. 물론 후처리는 깔끔하게 신속하게 끝내

버린다. 이런 일에 나의 자존심을 거는 건 낭비다.[*]

  오늘의 파도를 넘은 것에 안도하고, 내일의 파도는 내일 걱정하기로 하자. 일단 잠은 두 다리 쭉 뻗고 자기로 한다. 일을 오래하기 위해서는 나만 손해인 일은 하지 않는 게 중요하다.

---

[*] 선을 넘은 사람 때문에 기분이 나쁠 때면 그 사람 생각 대신, 옐로카드를 날려주는 아이유의 〈삐삐〉를 듣자.

역시, 책 읽기가 취미여서 곤란한가요

"오, 편집자세요? 책을 많이 읽으시겠네요."

출판사에서 책을 만드는 편집자라고 소개하면, 자주 듣는 말이다. 그럴 때마다 머리를 긁적긁적. 하하하. 오해를 풀고 싶다. 사실 이 일이라는 게, 책보다 (책이 되기 이전의) 원고를 많이 읽거든요.

신입 시절에는 책이 좋아서 책을 만들고 싶어서 출판사에 들어왔는데 한 달에 책 한 권 읽기도 벅찬 내가 이상했다. 읽고 싶은 책은 이렇게 많은데, 읽어야 할 책도 많은데 왜일까 곰곰이 생각하다 책을 읽기 위해서는 서점 직원이 되어야 했었나보다, 나의 진로 선택을 살짝 후회하기도 했다(아아, 서점에 계신 여러분, 그곳은 맘 놓고 책을 읽을 수 있는 파라다이스인가요?).

편집자는 책이 되기 이전의 원고를 생각보다 많이 읽는다. 기획 단계에서 '원고 검토'는 그 범위가 무한하다. 소개받거나 투고된 원고를 읽기도 하고, 에이전시로부터 소개받은 외서의 시놉시스, 요약본 혹은 검토서를 읽는다. 저자를 찾아 각종 인터뷰 기사 및 블로그, 브런치, SNS 등 읽고 또 읽는 게 주업무이다(읽는 게 직업이라, 누군가 '내 글 좀 봐줄래'라고 하는 작은 부탁이 간혹 편집자에게는 '나에게 왜 일을 시키지' 하는 피로감으로 다가오기도 한다).

이후 책을 만들기 시작하면 원고를 읽고 콘셉트를 세우고, 읽고 교정을 보며 구성을 하고, 재차 읽고 교정을 보고, 놓친 건 없는지 또 읽고, 최종 보도자료를 쓰기 전에 또 읽는다(책 한 권 만드는 데 대략 7~8번은 읽는다).

이렇게나 읽어야 할 원고가 많은데도 편집자는 비출판계 사람들보다 책을 많이 읽는다. 대한민국 성인 기준, 두 달에 한 권을 읽는 평균* 보다 많다. 이렇게 책밥을 먹고 사는 편집자들이

---

* 2019년 국민독서실태 조사 결과, 성인의 연간 종이책 독서율은 52.1퍼센트, 연간 독서량은 6.1권.

참고용으로 책을 사고 여가용으로 책을 사는 걸 업계에서는 '초판 부수*' 기준이라고 자조 섞인 이야기도 한다. 2015년 이전까지는 초판 평균 3천 부를 찍었는데 그때 당시 출판계 편집자의 수가 그렇다는 이야기를 들었다. 이후 출판 시장이 점점 어려워지면서 초판 2천 부가 기본이 되었는데, 업계 편집자 수가 줄었다는 이야기로 통한다…….

책을 만드는 편집자는 어떤 기준으로 책을 고르고 읽을까. 책을 만드는 편집자인 나의 독서 루틴을 한번 살펴보았다.

첫번째, 업무와 관련된 책을 읽는다. 방금 말한 업계를 책임지는 초판 부수가 이에 해당한다. 알라딘의 '새로 나온 책' 카테고리는 출근 후 루틴으로 자리잡았다. 하루 사이에 등록된 책들이 분야 상관없이 정렬되어 있다. 읽다보면 자연스레 업계 소식도 알게 되고(○○ 작가가 출판사를 옮겼네, 이 책 편집자가 이직을 했구나 등), 트렌드 키워드가 잡히기도 한다.

앗! 전 직장 후배가 작업하고 있다던 책이 나왔네. 표지가 그 친구를 닮아 귀엽네. 전작이 베스트셀러였던 작가님 신작이 나왔으니 이번에도 판매를 기대해볼 만하겠구나. 요즘 트렌드는

＊ 책을 처음 출간할 때의 제작 부수.

'번아웃'인가, 올 초까지는 제목에 이 단어를 드러난 책은 없었는데. 연말이니 지칠 때도 되었지. 헉. 나의 재테크 선생님 책이 나왔잖아. 딱 1년 전 유튜브를 막 시작한 때에 뜰 거라 알아봤지만 나에겐 본격 재테크 책을 만들 만한 능력도 용기도 없으니 연락조차 할 생각을 안 했었는데, 이렇게 보니 담당 편집자가 부럽군……. 구시렁대며 장바구니에 담다보면 어느새 5만 원을 훌쩍 넘기는 것은 기본. 당일 택배가 도착하는 맛에(괜히 마음이 바빠진다. 지난주에도 도착한 책이 있지만 이 책은 이번 주말에 꼭 읽어야 해!!!) 사다보면 책 기둥이 집안 곳곳에 세워진다(괜찮다. 지금 안 사면 이런 책 또 안 내줄지도 몰라. 산 책은 언젠가는 읽게 되어있어).

신간 외에도 당장 작업에 들어가도록 예정된 원고의 콘셉트 방향, 장단점을 파악하기 위해 같은 분야 베스트셀러나 스테디셀러를 찾아 읽기도 한다. 평소에 독서의 방향이 대중적이지 않았다면 참고도서를 찾기 어렵기도 하고(뭘 읽어야 할지 몰라서), 읽기 위한 시간이 부족하기도 하다(그러니 평소에 틈 나는 대로 읽어두자).

사람들이 많이 사는 책에는 이유가 있다고 믿는다. 독자들이 무엇에 현혹되었는지, 좋은 책을 알아보지 못하고 독서 수준이 낮다고 불평을 하기보다, 지금 서점을 찾는 사람들에게 필요한 욕구를 채워주는 책을 찾는 것도 기획이다. 다행히 출판사에서는 대부분 (한도는 있겠지만) 참고도서 구입비는 넉넉하게 지원한다. 내 돈 주고 안 살 책이라고 생각하면서도 궁금해서 읽고 그 책만의 미덕을 발견해 기획에 반영하기도 하는 것. 잘나가는 책, 화제의 책을 읽으면서 변화하는 독자들의 시선은 지속적으로 관찰해야 알아차릴 수 있다.

여기까지도 책을 사는 이유가 차고 넘치지만 또 있다. 함께 작업한 작가님의 신간, 앞으로 작업할 작가님의 신간(전작 중 읽지 않은 책이 있다면 작업 전에 읽어두는 게 차별화된 책을 만드는 데 도움이 된다. 소설의 경우 작품 세계를 이해하기 위해 전작을 모두 읽는 것을 추천한다), 지인들의 책이 나온다면 산다. 그리고 되도록 빠르게 읽고 신간 홍보에 조금이라도 도움을 드리고자 리뷰를 여기저기에 올린다. '우정 구매'일 수도 있고 '후원'일 수도 있다. 신간을 읽고 피드백을 드리는 건 작가님에게 관심을 어필할 수 있는 가장 빠르고 좋은 요령이기도 하다.

두번째로, (어쩐지 책을 구매하는 핑계가 계속되고 있는 것 같지만) 취미가 독서여서 읽는다(여기저기서 탄식의 소리가 들리는 듯하다). 어쩔 수 없다. 책이 좋아서 책을 만드는 일을 하면서 책 읽기가 가장 좋은 휴식이자 오락이다. 특히 국내 소설을 즐겨 읽는다. SBI 시절, 에쿠니 가오리만 알던 나에게 김연수, 김중

혁, 편혜영, 김애란을 알려주신 출판학교 소모임 담당 선생님 덕분에 새로운 세계에 눈을 떴다(대학을 졸업하고 문예지를 알게 되었다. 이렇게 늦게 눈을 뜰 수도 있습니다, 독서 편력이라는 것은). 이후 지금까지 15년째 국내 소설을 꾸준히 읽고 있는 독자다(H문학상을 매회 사서 읽다가 그 출판사에 입사해 H문학상 소설 세 권을 담당 편집했다. 그럴 때마다 벅차오르는 마음이란. 아직도 생생하다). 출판사의 시리즈를 따라 읽기도 하고 믿고 보는 작가님들 책은 신간 등록이 되었다 하면 뒤돌아보지 않고 구매해 읽는다.

소설이 좋은 이유라면, 국내문학팀에서 일할 때 이후로 소설 출간을 주로 하고 있지 않기 때문에, 일과 떨어져 오롯이 이야기 속으로 세계 이동을 해버리는 쾌감이 있다(일과의 거리 두기를 위해서 도서 분야를 고르는 것도 중요하다. 주로 만드는 분야가 에세이라 같은 분야의 책을 읽을 때면 여지없이 업무 스위치가 on으로 바뀐다). 나의 현실을 다 지우고 다른 세계에서 주인공의 시점으로 잠시 살아보는 것. 때론 현실보다 더 지독한 세상을 맛보기도 하지만 괜찮다. 책장을 덮고 다시 현실로 돌아오면 되는 정도의 문제니까.

소설을 읽으며 보다 좋은 사람이 되기 위한 힌트를 얻기도 하고. 더불어 오래 읽다보니 소설의 새로운 장점도 알게 되었다. 다른 분야의 도서보다 비교적 한국어 문장이 좋은 분야다 보니 자연스레 나의 문장력도 좋아졌다. 교정교열 공부를 따로 하지 않아도 눈에 익어서 잡아내는 부분도 많아졌다. 이제 막 편집일을 시작한 분들에게 정말 권하고 싶은 취미 활동이다. 더불어 다양한 작가님들이 계속해서 나오는 분야이면서 독서 시장에서 소수에 해당하는 덕력을 펼치기 좋은 분야이기도 하고.

그럼, 대체 이렇게 사 모은 책은 언제 읽는가.

편집자는 업무 시간에 책을 읽어도 된다. 전혀 어색하지 않다. 참고할 책을 뒤적이기도 하고 그러다 꽂혀서 쭉 읽기도 한다. 하지만 그런 날들은 연중 손에 꼽히며, 대부분 그때그때 요청되는 일과 진행하는 원고 교정 보기도 바쁘다. 그래서 다른 이들과 마찬가지로 시간을 내야 한다. 어떻게? 늘 손에 책을 갖고 다니면서.

의외로 출퇴근 시간에 책을 읽는 게 자투리 시간 활용으로 가장 좋고, 한 권을 다 읽을 때마다 성취감을 느낄 수 있어 좋다. 대중교통을 이용하는 사람으로서 조금 멀리 외근 갈 일이 있으면 책을 좀더 읽을 수 있다는 생각에 오랜 이동 시간도 괜찮아지기도 한다. 그날그날의 책을 고르는 일이 어렵다. 하지만 실패해도 괜찮다고 생각한다. 책은 얼마든지 많으니까.

손에 잡히는 대로 책을 읽는 편이고, 읽다가 덮어둔 책도 많다. 흥미가 떨어지면 잠시 덮어두고 다른 책을 읽다가, 나중에 이걸 마저 끝내야지 하면서 돌아와 다시 책을 편다. 기억이 안 나면 몇 장이고 앞으로 돌아가 읽기 시작한다(심지어 처음부터 읽기도 한다. 징말 기억이 안 나……). 책을 읽는 습관을 들이는 것에 가장 큰 적은 두려움 같다. 다 읽지 못할 것 같은 두려움. 그것만 버리면 쉽다. 읽다 포기한 책이 수두룩하다고. 그럼에도 나랑 맞는 책을 찾아 또 책장을 뒤적거리고 서점을 들락날락한다고.

무엇보다 TV 없는 삶이 독서에 가장 큰 도움이 된다. 원하는 프로그램만 골라보는 정도로 영상을 시청하고, 나머지 시간은 자연스레 책과 함께 보내는 것. 충전할 필요도 없이 펴기만 하면 나를 다른 세상으로 옮겨주는 책의 매력을 보다 많은 사람이 함께 알아보고 즐기면 좋겠다.

세상은 늘 빠르고 소란스럽다. 책은 느리고 고요하다. 책은 직접 만나기 어려운 사람들을 옆에 데려다놓는다. 책은 삶을 제대로 살아가기 위한 길을 찾는 사람들에게 좋은 길동무가 되어준다. 책은 오늘보다 나은 내일을 살고 싶은 사람에게 방향을 정할 수 있도록 힌트를 준다. 그런 책을 읽고 싶다. 만들고 싶다.

끝을
두려워하지 마세요

졸업이 없는 사회생활에 스스로 삶의 마디를 매듭짓는 방법이 퇴사가 아닐까. 비록 그 퇴사가 자발적이든 비자발적이든 말이다. 누구도 정해주지 않은 길을 스스로 문을 열고 나가는 일. 그토록 아꼈던 일터를 포기하듯 두 손 들고 나오던 퇴사. 사표는 내가 냈지만 벼랑 끝에 몰리듯 심정적으로 나가야만 한다고 느꼈던 순간들. 퇴사를 결심하기까지 지난한 감정 소모의 과정을 지금도 잊지 않고 있지만(아팠던 기억은 잊지 않아야 같은 실수를 하지 않는다) 그럼에도 끝맺음이 있어 앞으로 나아갔다. 퇴사할 때마다 알을 깨는 고통이었다. 하지만 지금 와 돌이켜보면 반드시 있어야 할 맺음이었다.

나의 첫 퇴사는 비자발적이었다. 입사하자마자 첫 달 월급이 정해진 월급날보다 일주일인가 뒤에 나왔다. 뭔가 이상했지만 이제 막 입사한 신입에게 자세한 설명은 없었다. 이후로 다행히 월급은 나왔는데, 인세, 변역료 등이 밀려서 지급에 대한 문의 연락이 자주 왔다. 그땐 정말 내가 잘못한 것도 아닌데 벌벌 떨렸다. 번역료가 지급되지 못하니, 새 책을 내야 할 때마다 새 번역가를 섭외해야 했다. 에이전시에 도서 오퍼를 내도 선인세 지급을 차일피일 미루니, 나중에는 오퍼 금액을 올려도 에이전시 이사라는 사람이 그랬다.

"거기, 이 돈 낼 수는 있어요?"

회사 사정이 어떻든 일은 해야 하는데, 일하다 문득 정신을 차렸을 때 편집부의 편집장님, 선배들 다 다른 자리를 찾아 이직하고 나만 남아 있기도 했다(먼저 퇴사하신 후 자리를 소개해주시던 편집장님, 월급이 나오지 않았을 때 선뜻 생활비를 빌려주신 것도 감사해요. 시간이 지나면서 고마움만 더 커지네요). 다시 새 편집장님이 오고 편집부 동료들이 왔다. 조금 정리가 되는 듯했지만, 부도가 났다. 인쇄소 등 돈을 받아야 할 곳들이 주거래통장

거래를 막았다고 했다. 월급은 일부만 현금으로 나눠주기도 했다. 도시락을 싸고 다닌 지 오래였지만 출퇴근하는 교통비, 월세 등 미래가 막막했다.

노조가 없는 회사에서 선배들은 앞장서 사장과의 자리를 만들고, 우리의 의견을 모아 전달했다. 월급이 제때 안 나오는 시기를 반년 가까이 버티고 있는 직원들 앞에서 사장은 그것도 못 참아주는 직원들이라고 했다. 그때 내 안의 서러움이 폭발했다. 3년을 채우고 싶었던 미련도 한순간 사라지고 2년 반 만에 사표를 울면서 썼다. 퇴사하자마자 퇴사 동료인 디자이너 과장님과 함께 밀린 임금 및 퇴직금 지급 소송을 걸었다. 1년의 시간 끝에 법정이자 20퍼센트까지 모두 받았다. 부도를 거듭한 그 회사와 대표는 지금도 임금 체불 기업 리스트에 올라 있다(회사는 사라진 지 오래다).

첫 직장을 나온 나는 왠지 산전수전을 다 겪은 기분이었다. 사회생활의 첫 시작을 이렇게 빡세게 해도 되는 건지. 그럼에도 이 일에 대한 즐거움과 확신이 있었고, 3년 차는 어디든 갈 수 있다는 선배들의 말에 더 탄탄한 기업을 찾고 싶었다. 그러다 평소 알고 지내던 출판계 모임의 과장님을 만났다. 본격적으로 출판사를 차리고 사업을 시작하려는데 편집자로 와주면 좋겠다는 제안을 받았다. 제대로 내 일의 성과를 보여준 적도 없는

데, 회사 밖 출판 워크숍 모임 안에서 열심히 참여하는 나를 좋게 봐주신 듯했다. 편집자는 나 혼자일 거라는 부담은 내 맘대로 부딪혀보면서 단시간에 빠르게 성장할 수 있겠다는 모험심에 졌다.

그렇게 막 시작하는 출판사로 이직했다. 그간 책이 외주 진행으로 몇 권 나온 신생 출판사였는데, 대표님(스카우트 제의를 주신 과장님), 마케터, 그리고 편집자인 나까지 총 3인 체제였다. 외부 기획위원(마치 출판계의 어벤저스 같았다)이 여섯 명 정도 있어서 그분들과 함께 기획회의를 진행하고 편집 및 진행은 내가 담당했다. 1년 7개월간 마치 기획학교에 들어온 것처럼 바쁘게 돌아갔다.

이때야말로 거리낌없이 누군가를 만나 책을 내자고 제안하고 회사를 설명하고 책을 만들어가는 과정을 제대로 익혔다. 나 외에는 대표님뿐이었기에 저자 관리든 제작 과정에서 발생하는 문제든 최대한 내 선에서 해결하려고 했다. 그렇게 단시간 안에 불타오르듯 일을 하다보니 동료인 마케터가 먼저 퇴사했다. 다음 마케터도 오래지 않아 퇴사를 하며 의지할 동료가 사라지니 더는 일할 동기를 찾지 못했다. 더불어 매출을 위해 교재 제작 등 하던 일과 다른 업무를 해야 할 이유를 찾지 못했고 해낼 자신도 없었다. 그렇게 두번째 직장을 그만두었다. 마음

맞는 사람들과 함께 일할 때 가장 즐겁고, 그런 사람들이 사라졌을 때 일이 힘들어진다는 걸 뼈저리게 배운 시간이었다.

두 달가량 쉬던 중 마침맞게 지켜보고 있던 출판사에서 문학편집자를 구한다는 공고가 올라왔다. 입사지원서를 쓰는 내내 설렜다. 매년 문학상 수상작도 나오는 대로 읽고 있었고 모 회사인 신문사에서 나오는 신문은 대학 때부터 구독했고, 주간지도 5년 이상 구독하며 읽는 중이었다. 사회를 보는 나의 시선은 대부분 이 신문사에서 만들어준 것과 다름없었다. 그렇게 세번째 회사에 입사했다.

후배는 처음이라며 많이 아껴주는 팀장님과 새로운 분야인 한국문학팀에서 새로운 과정들을 겪으며 30대를 시작했다. 3년 반 동안 좋아하던 분야에서 최선을 다했다. '소설가', '시인'이라는 이름 앞에서 오직 글로 평생을 승부 보는 사람들을 만났고 아무나 그런 삶을 살 수 있는 건 아니라는 걸 배웠다. 그간 몰랐던 극도로 섬세한 교정의 세계를 만났다. 기획의 여지는 별로 없었다. 그저 맡겨지는 원고를 책으로 만드는 일을 되풀이하다 이건 아니라는 생각을 했다. 나는 좀더 주도적으로 일할 수 있는 곳으로 가고 싶었다.

대형종합출판사 채용 공고를 보고 여기다 싶었다. 하고 싶은 기획을 마음껏 할 수 있을 것 같았고 막 나온 회사가 직원 25인

정도의 규모였으니 더 큰 회사에서 체계적인 조직 시스템을 배워보고도 싶었다. 입사하고 나니 큰 회사는 다르긴 달랐다. 부서도 세부적으로 나뉘어 담당자가 존재했고(카피라이터, 법무 검토 담당자를 회사 내에서 볼 줄이야) 매달의 매출목표가 명확하게 전달되었으며 조직 내 성과가 가시적으로 보였다.

이 안에서 나는 치열한 기획회의에 매료되었다. 기획 아이디어를 어떻게든 짜내야 했고 기획회의 시간에 논의하면서 팀 내의 의견이 다양하게 더해지며 발전되었다. 최종 기획안이 통과되면 실행에 어떻게 옮겨야 하는지, 책이 되기까지의 과정을 무한 반복했다. 그런 시간이 3년이 지나자 체득되었다. 퇴사전 1년 반가량은 나도 모르게 훈련이 된 그 과정이 성과로 돌아오는 기간이었다. 난생처음 '올해의 책'도 만들어보고 가장 성과가 좋았기에 연말 인사평가가 기대되는 가운데 사표를 썼다.

그해에 회사에서 편집자 가운데 절반 정도가 그만두는 중이었다. 훈련이라는 말을 썼지만 어쩌면 쥐어짜는 사내 분위기에서 남아날 수 있는 기간이 3년 남짓인지도 몰랐다. 성과가 좋아도 안 좋아도 조직 분위기는 더없이 안 좋았다. 1년 내내 동료들과 이별하는 날들이었다. 나는 더 일에 몰두했다. 도피처는 내가 좋아하는 '일'이었다. 그러다 모든 것이 마무리될 때쯤 깨달았다. 더이상 즐겁지 않다. 내년에는 더욱 채찍질 당하며 앞만 보는 경주마처럼 뛰게 되겠지, 여기서 멈춰야겠다. 그래서 그만 두었다.

치열하게 내 일을 고민하며 일했고 어떻게 살아야 할지 방향을 잡아야 할 때마다 직감적으로 멈춰 섰다. 나에게 시간을 주었다. 회사에서 배운 건 나에게 남았다. 다음이 없을 것 같은 불안감은 그 안에 있을 때만 겪는 일시적인 감정이라는 것도 배웠다. 일단 문을 박차고 나오면 생각지도 못했던 인연들이 찾아와 주었다. 뜻밖의 길로도 안내했고 늘 눈앞의 이익보다는 내가 잘할 수 있는 것, 재밌겠다는 생각이 드는 곳을 택할 수 있었다. 처음부터 완성형보다 함께 만들어가는 길이 좋았다.

여기가 끝인가 할 때마다 나의 시간은 나를 배반하지 않았다. 하나의 문이 닫히면 어김없이 문 하나가 또 열렸다. 당신에게도 틀림없이 그럴 것이다. 새로운 세상에서 새로운 나를 만날 수 있도록 용기를 내봐도 괜찮다.

당신의 든든한
가이드가 되어줄게요

　2020년에는 처음 해보는 일이 있었는데 바로 면접관이 되어 팀원을 뽑는 것이었다. 세상에, 그것도 두 번이나.

　'면접'이라는 말만 들어도 긴장되는 순간들이 있었다. 수능이 끝나고 백화점 별관 1층 버거킹 매장에서 소란스러운 가운데 매니저와 인생 최초의 면접을 보았다(그때까지 버거킹이 비싸서 한 번도 먹어본 적 없었던 건 안 비밀. 일 못한다고 자연스럽게 잘렸던 것도 안 비밀). 그 외에도 비디오 대여점, 동네 호프집, 대형마트 내 분식집 등 아르바이트 면접을 무수히 거친 뒤, 대학 졸업을 앞둔 나에게 SBI 면접은 난생처음 사회에서 불러준 기회였다. 기차를 타고 서울역으로 올라와 합정역까지, 낯선 지하철 노선도에 기대어 열심히 찾아간 그곳에서 나는 출판사 대표님들과 앞으로 교육을 맡을 선생님들과 나와 같이 출판학교에 지원한 후보들의 얼굴을 마주했다. 목소리는 절로 떨리며 나왔고 나를 어떻게 봐줄지 몰라 발끝부터 정수리까지 찌릿찌릿했다. 뻣뻣하게 척추를 세우고 앉아 얼굴에 애써 미소를 띠며 질문하는 면접관들의 관심을 끌려고 노력했던 그때의 내가 아직도 눈에 선하다.

이후로도 이직할 때마다 출판사의 면접을 보았고 세번째 회사부터는 나도 이 회사를 면접한다는 마음가짐으로 임했다. 면접 장소로 향하면서 흘깃 눈길만 던져볼 정도의 시간이지만 앞으로 일하게 될지도 모를 회사 사무실 분위기를 살폈다. 경력자의 면접은 신입 때와는 달랐다. 편집자가 되기 위한 나의 역량이나 가능성을 추측해보는 신입 면접과 달리, 실무자 면접 때는 업계의 선후배가 나누는 대화라고 할 만큼 편하게 대해주는 분들을 만났다. 평소 궁금했던 것들을 서로 물어보는 시간은 티타임 같기도 했다. 물론 지원자인 내가 말을 더 고르고 어필했지만 말이다.

면접 후 함께 일하는 동료로 맞지 않겠다며 불합격 통보를 받기도 했다. 그런 경우는 대부분 내가 가서 일하는 풍경이 잘 그려지지 않는 회사였다. 다니던 회사에서 당장 퇴사하고 싶어서 급한 마음에 찾아갔던 경우들이다(지금 돌아보면 붙지 않아서 서로에게 다행이었다. 어쩜 나의 속을 뻔히 들여다본 선배들이었다).

그때는 몰랐던 것을 지금은 안다. 자기소개서를 읽으며 면접 대상자를 뽑으며 깨달았다. 얼굴을 직접 보지 않아도 글이란 참 솔직하고 투명하게 자신을 비춘다는 것을. 이 회사에서 정말 일하고 싶어서 지원한 것인지, 지원을 위한 지원을 한 것인지 뻔히 보인다는 것을. 글을 잘 쓰는 사람이 유리한 게 결코 아니었다. 논리를 갖춘 문장도 중요하겠지만, 지원자 스스로 오랫동안 생각한 것들을 정리한 지원서는 달랐다. 진심이라는 건 감출 수 없었다. 그렇게 마음 맞는 지금의 팀원을 만났다.

어떤 사람이 편집자가 되는 걸까. 주변의 편집자들에게 물어보아도 문과를 전공하고 빨리 취업하고 싶어서 출판사에 지원했다는 이야기가 흔하다. 직업을 택하고 일하면서 자신과 맞다고 생각해서 계속 일하고 있는 사람들. 나 역시 문과는 입학과 동시에 공무원 학원을 등록한다는 주류의 흐름에서 벗어나 돈을 벌고 싶어서 출판학교 쪽으로 방향을 잡았다. 그리고 취업해서 월급을 받고 일을 하기 시작하면서 커피를 입에 달고 사는 흔한 직장인 1이 되었다. 다만 하다보니 이 일이 너무 좋아서, 좋아서 했는데 나의 탁월성을 잘 보일 수 있는 일이라는 걸 깨닫고 이 일을 어떻게 하면 계속 잘할 수 있을까, 나의 미래는 어디까지 닿을 수 있을까 계속 고민하고 있다.

몇 달 전 소녀시대 유리의 유튜브 채널 〈유리한 TV〉에 스브스뉴스 PD이자 〈문명특급〉 진행자인 재재가 출연한 적 있었다. 평소 소녀시대의 팬임을 여러 번 밝힌 재재는 데뷔 때부터 지켜봐온 애정을 가감 없이 드러냈다. 특히 최애 멤버인 '유리 온냐'를 눈앞에서 보는 성덕의 순간이라는 게 영상 밖으로까지 온몸에서 뿜어져나왔다. 이 영상을 보다가 내 머릿속에 이런 생각이 스쳤다.

'재재, 이 친구, 편집자로서 아주 탁월한 능력이 있네.'

유리가 요리한 음식을 같이 나눠 먹으면서 이야기를 나누던 중이었다. 유리가 재재에게 고민을 털어놓았다. 무대에 대한 욕망과 연기에 대한 욕심 사이에서 자신에게 맞는 길은 무엇일지 찾고 싶다고. 그러자 재재는 말했다. 지금도 충분히 잘하고 있다고. 무대에 서는 모습을 기다리고 있는 팬들이지만 유리의 선택과 판단을 존중하며, 고민하고 있는 그 마음까지도 헤아리고 있다고. 유리는 자신보다 더 가까이 옆에서 지켜봐주고 있는 재재에게 감동했다. 바로 이것이었다.

책을 만드는 여정을 시작하기 전에, 그러니까 편집자에게 원고가 완성되어 도착하기 전에 작가는 자기 창작물에 대해 한없는 의심과 회의와 고민을 한다. 이 원고가 출간될 가치가 있는 것일까, 그간 써온 이야기에서 좀더 발전된 결과물일까, 내 책을 읽어줄 독자가 있을까, 이 원고를 완성할 수 있을까 등.

그런 이야기를 털어놓을 수 있는 유일한 동료는 담당 편집자다. 그리고 담당 편집자는 자신이 애정을 가진 저자에게 재재와 같이 확신을 줄 수 있어야 한다. 오래 지켜봐온 사람만이 할 수 있는 조언을 건넬 때 신뢰는 싹튼다. 함부로 업계의 이야기를 전하는 사람(주로 다른 출판사를 깎아내리는 식으로)도, 작가에게 필요한 말보다 부담을 더 얹는 말을 건네는 사람도 있다. 원고의 피드백을 받고 싶어하는 작가에게 두루뭉술한 표현으로 갈 길을 더 진전시키지 못하게 만드는 사람도 있다.

재재를 보자. 사실 답은 작가에게 있다(사실 모든 고민 상담의 답은 상담을 요청하는 사람에게 있는 것과 마찬가지로). 작가가 편집자에게 구하는 건 자신을 향한 애정과 믿음을 보여달라는 것이다. 안개 낀 저 미지의 세계로 가기 위해 흔들리는 다리를 무사히 건널 수 있도록 작은 랜턴과 같은 조언을 구하는 것이다. 직언한답시고 작가의 사기를 꺾는 경우가 많다. 창작 의지를 사그라들게 만드는 일은, 부디 조심하자. 옆에서 에너지를 나눠주는 것만으로도 우리의 쓸모는 충분하니까.

〈문명특급〉 안에서 진행자 재재는 훌륭한 편집자의 자격이 충분하다. 게스트를 만나는 시간을 위해 온갖 정보를 수집하고 머릿속에 넣어온다. 그 사람이 지금까지 걸어온 길을 살피고 현재의 위치에 마음껏 찬사를 보낸다. 그리고 앞으로 미래를 위한 이야기도 나눌 수 있을 거라는 신뢰를 준다. 누가 마음을 열지 않을까. 단시간에 만나 책 쓰기를 제안하고 원고를 완성하는 동안 함께할 수 있는 든든한 가이드의 느낌을 줄 수 있는 사람, 그 사람이 편집자를 하면 된다.

또 편집자는 좁고 깊은 취향보다 얇고 넓게 퍼진 취향의 소유자가 좋다. 기획이란 자신의 관심사에서 시작하지만 그 관심사가 대중들의 관심과 어디서 만날 수 있는지 접점을 찾고 보다 많은 사람에게 읽힐 수 있는 상품(가격의 가치가 있는 물건)으로 만들어내는 일이다. 작가와 달리, 편집자가 한 우물 안으로 깊게 들어가다보면 성과도 의미도 없는, 자기 위안적인 책이 되기 쉽다(우리가 기획회의에 힘을 들여야 하는 이유이기도 하다).

나는 편집자가 사람들의 관심사가 무엇인지, 어떻게 변화하고 있는지 궁금해하는 사람이면 좋겠다. 유행이나 트렌드를 좇는 사람들을 우습게 여기지 않고 사회의 변화에 민감하게 반응하며 자기 일의 영역에 어떻게 반영할지 상상하는 걸 즐기는 사람이면 좋겠다. 베스트셀러에는 어떤 욕망이 숨어 있는지 관찰하기를 즐기며, 무엇보다 자신이 읽지 않은 책을 함부로 평하는 사람은 아니었으면 좋겠다. 책이 서점에 깔리고 독자의 손에 닿기까지 수많은 사람의 노고를 아는 사람이어서 한 권의 책을 만들 때 과정마다 책의 생명을 오래 늘리는 방향을 고민하는 사람이면 좋겠다.

책 읽는
당신을 만나러 갑니다

저자와 만나 책을 함께 만들기로 하고 인고의 세월이 지나면 어느새 완성 원고가 눈앞에 도착한다. 원고를 대여섯 번씩 읽으며 콘셉트를 잡고 교정교열을 하고 디자인 시안이 나오고 최종 표지를 선택하고 인쇄까지 마치면, 어제까지 없던 한 권의 책이 탄생한다. 여기까지 이르는 과정도 시간과 정성이 참 많이 든다. 적게는 1년, 오래 걸리려면 끝도 없는 기다림의 시간을 지난다. 그런데 출간이 되면 다시 출발선에 서서 새로운 레이스를 시작한다. '독자'라는 실체를 만나러.

책이 나오고 나면 출판사 마케터들은 실물을 들고 서점 MD 나 구매과를 방문한다. 서점별로 이 책을 몇 부나 팔 수 있을지 고심하는 시간이다. 서점에서는 판매 예측을 통해 일정 부수를 주문한다. 출판사에 들어와서 가장 생소했던 말은 '위탁 판매' 였다. 출판사는 독자를 직접 만나지 않는다(출판사의 업종은 '제 조업'이다). 상품을 만들어 판매를 담당하는 서점에 보내는, 판 매를 제3자에게 위탁하는 방식이다. 이러다보니 서점에 팔리지 않아도 서가에 꽂히거나 매대에 깔린 책들을 포함해 출판사에 서는 '출고 부수'로 대략의 판매 사이즈를 추산한다. 물론 월말 마다 정산되는 판매금액이 있다. 다만 서점에서 알아서 판매를 정산하다보니, 전국 서점으로 간 책들이 다 팔린 것인지 아직 서점에 책이 남아 있는 것인지 출판사로서는 알 수 없다. 그래 서 책의 정확한 판매 부수는 아무도 모른다, 는 말을 작가나 출 판사 관계자들이 종종 한다.

그리고 시간이 지나 판매가 안 되는 책은 출판사로 고스란히 반품된다. 반품된 책은 창고에서 일련의 재생 과정(도매업자가 찍은 도장 제거, 손상된 띠지 제거, 표지에 묻은 얼룩 제거 등)을 거 쳐 재판매를 위한 준비를 한다. 이 과정에서 파손되어(표지가 구겨진다거나 찢어지는 등) 재생 불가의 상태로 버려지는 책도 많다.

위탁 판매의 가장 치명적인 부분은 출판사에서 '독자 정보'를 정확히 모른다는 것이다. 기획안에 '2030 여성 독자층'이라고 썼는데 정말 나이대가 2030인지, 2535인지, 4050인지 알기 어렵다. 그나마 온라인 서점에서는 SCM*이라고 해서 성별과 나이대가 나오기는 한다. 그래도 요즘 독자들은 리뷰를 성실히 남기는 편이어서, 블로그나 서점 서평, 각종 SNS를 돌며 독자들이 어떤 관심사로 책을 구매했는지, 어디서 샀는지, 어떻게 읽었는지 관찰할 수 있다(리뷰를 성실히 남겨주시는 독자님들, 복 받으실 거예요). 열심히 만든 책이 가장 필요했던 누군가에게 가 닿았을 때, 그 감동을 주체 못하고 '담당 편집자입니다. 리뷰 잘 읽고 갑니다. 감사해요'라는 댓글을 슬쩍 남기기도 한다.

책은 어떻게 팔아야 할까. 늘 하던 고민을 새해 들어 또 새롭게 하다가 '책 읽는 습관'을 판매하는 북클럽들이 눈에 띄었다. 출판사에서 직접 독자들과 소통하며 관계를 쌓는 북클럽도 있지만 동네서점을 중심으로 보다 다양한 주제와 방식을 가진 북클럽이 속속 생겨나는 중이다.

나를 위한 변화를 주고 싶어서, 책을 읽고자 하는 계기를 만

---

* Supply Chain Management. 제품의 생산과 유통 과정을 하나의 통합망으로 관리하는 시스템.

들기 위해, 독자들은 북클럽을 찾는다. 어떤 책을 읽어야 할지 모를 때, 믿을 만한 사람이 책을 먼저 읽고 추천해주면 한번 더 그 책을 눈여겨보게 된다. 하물며 서점을 자신만의 색깔로 채워가고 있는 대표의 제안이라면, 그 서점이 평소에 자신이 좋아하는 취향을 담고 있는 공간이라면 책 읽는 습관을 가져보자는 다짐에서 실천으로 한발 더 나아갈 기회가 될 것이다. 자신과 비슷한 사람들이 서점이라는 공간을 매개로 느슨하게 연결될 것이다. 책이 아니라 독서를 습관화하는 사람을 늘리는 것. 좋은 토양을 가꾸는 농부의 마음과 같지 않을까.

가장 이상적인 것은 적은 비용으로 많은 판매를 이끌어내는 고효율 프로모션이겠지만, 대개는 돈을 쓴 만큼의 효율을 거둔다. 심지어 돈을 많이 썼는데 마지막에 주판알을 튕겨보면 그다지 효과가 안 난 고비용 저효율 프로모션도 허다하다. 생각해보면 도서 프로모션은 팔리지 않는 책을 갑자기 1~2천 부 팔리게 하는 치트키 같은 것이 절대 아니다. 그냥 두면 2천 부 정도 팔릴 책을 좀더 알리면 1천 부 정도 더 팔 수 있다는 확신을 바탕으로 하는 것이 본질이다.

_『책 파는 법』, 조선영, 유유

책을 팔기 위해 '뭐든지 다 한다'고 해서 'MD'라고 한다는 조선영 예스24 서점 MD님이 쓴 책을 읽다가 저 문장에 밑줄을 쳤다. '2천 부 팔릴 책을 1천 부 더 파는 것'이 도서 마케팅의 본질이구나. 애초에 판매 사이즈를 염두에 두고 만드는 책은 없다. 완성된 책을 보자마자 마케터와 MD가 느낄 판매의 예측을 최대한 높이고 싶을 뿐이다. 기획 단계부터 많은 사람이 관심을 가질 만한 이유와 의미가 있는지 찾고, 원고 상태에서 조금 더 독자와 가까워질 수 있는 부분은 없을지 구석구석 바라보고 고심한다. 좋은 내용만큼 매력적으로 보이게 카피를 쓰고 당신이 이 책을 왜 읽어야 하는지, 이 책만이 가진 특장점을 드러낸다. 책이라면 모두 거치는 이 과정마다의 선택이 책을 파는 일이다.

새 책이 나온 뒤 세상의 반응이 미미할 때면 책을 만든 담당 편집자는 자괴감을 느끼기도 한다(책을 쓴 저자만큼 아프진 않더라도 말이다). 편집자는 책을 내기 위해 숨은 '의미'들을 부여하며 한 권을 완성했는데, 그토록 그리던 독자가 없다는 사실에 그간 들인 공이 허무해지기 쉽다.

그럴 때 어디선가 사람들이 모여 한 권의 책을 읽고 속깊은 이야기를 나누고 있다는 사실만으로도 기운이 난다. 『책, 이게 뭐라고』에 장강명 작가님은 책 이야기에서 시작해 자연스럽게 자기 내면을 열고 그것을 누군가 경청해주는 경험을 하는, 책이 무게중심이 되는 사회를 꿈꾼다고 적었다. 책이 대화의 중심이 되어 이야기에 몰입한 사람들이 현실의 복잡한 문제를 잠시 잊고 다른 차원의 고민을 이야기하는 상상만으로도 그 온기가 전해지는 듯하다. 책을 만든 내가 밑줄을 그은 문장을 거짓말처럼 똑같이 찾아주는 독자들을 만날 때면 어딘가 연결이 되어 있는 기분이 든다. 『직업으로서의 소설가』에서 하루키는 나이도 직업도 성별도 없는 가공의 독자들과 "나의 뿌리와 그 사람의 뿌리가 이어져 있다는 감촉"을 느낀다고 했다. 그런 독자들이 조금이라도 즐겁게 읽어주기를, 뭔가 느껴주기를 희망하면서 매일매일 소설을 쓴다고.

좋은 책은 언젠가 독자들이 발견해줄 거라는 믿음이 막 출근해서 앉은 나의 척추를 세울 만한 힘이 되어준다. 그렇게 당신을 만날 생각을 하며 오늘도 열심히 출근합니다.

내 인생도 편집이 되나요?

초판 인쇄	2021년 11월 8일
초판 발행	2021년 11월 15일

지은이   이지은

책임편집   박선주
편집   이희숙 이희연 윤수빈
디자인   최정윤
마케팅   채진아 유희수 황승현
홍보   김희숙 함유지 김현지 이소정 이미희
제작   강신은 김동욱 임현식

펴낸이   이병률
펴낸곳   달 출판사
출판등록   2009년 5월 26일 제406-2009-000034호

주소   10881 경기도 파주시 회동길 455-3
✉   dal@munhak.com
🐦ⓕ📷   dalpublishers

전화번호   031-8071-8683(편집)
    031-8071-8671(마케팅)
팩스   031-8071-8672

ISBN   979-11-5816-140-8 03810